書下ろし

大正浅草ミルクホール

睦月影郎

祥伝社文庫

目次

第一章　未亡人下宿で筆おろし

一

「まあ、お久しぶり。大人《おとな》っぽくなったわね。もう二十歳《はたち》でしょう」

寿美代《すみよ》が笑顔で言い、治郎《じろう》を迎えてくれた。

顔だちの整った色白豊満な美女で、特に優しく包みこむような笑みと、実に大きな胸の膨《ふく》らみが印象的である。

最後に会ったのは三年少し前の初春、治郎が横須賀《よこすか》中学（旧制）五年生で卒業する間際《まぎわ》だった。寿美代の夫の新助《しんすけ》が肺病で急死し、その葬儀で治郎は父とともに浅草《あさくさ》に来た折のことだ。

もっとも治郎は父の従兄《いとこ》である新助との面識はなく、東京見物がてら同行したのである。

昨年の夏、明治が大正と改《あらた》められ、今は大正二年（一九一三）の五月。

三年前、中学を卒業した治郎は第一高等学校の試験に落ち、以後はどこの学校も受けず、横須賀の公郷《くごう》で家業である書店を手伝っていた。

店番といっても、置かれている書物を片《かた》っ端《ぱし》から読み耽《ふけ》り、時に小説まがいのものを書いていただけだ。

治郎は明治二十六年（一八九三）の正月生まれ。それで二と六からじろう、長男だから二郎でなく、明治の治をとって治郎と名付けられた。

「はい、お世話になります」

白絣《しろがすり》に小倉《こくら》の袴《はかま》姿の治郎は、背負っていた信玄袋《しんげんぶくろ》を下ろして頭を下げた。

彼は今日からここ、浅草寺《せんそうじ》にほど近い五重塔通りにある、松崎家《まつざき》に下宿するのである。

松崎家は、一階でミルクホールを営業しており、三十代後半の寿美代と、十八になる一人娘、早苗《さなえ》の母娘《おやこ》が着物にエプロンを掛けて店に出ていた。

亡き新助は新聞社に勤めていたが病弱で、昔は治郎の父も近くに住み、何かと仲良くしていたらしい。

治郎は、とにかく読むのと書くのが好きで、文士になりたくて上京した。

本当なら、マントに高下駄《たかげた》の学生生活に憧《あこが》れていたのだが、どうにも国語以外の試験科目が苦手なのだから仕方がない。学生は諦《あきら》め、文士なら学歴も要《い》らないだろうと志《こころざし》を抱いての上京だった。

父親は最初は強硬に反対したが、治郎の懸命な説得に渋々上京を許してくれた。ただし期限は一年、それで無理なら帰郷して本屋を継ぐ約束をしてきたのだ。

そして新助の死からずっと松崎家の二階が空《あ》いているので、父親が相談したところ、是非《ぜひ》にも来てくれと寿美代から返事をもらえたのである。

両親にしてみれば、治郎が見知らぬ都会で一人暮らしするより、遠縁の家の方が安心だし、浅草なら働き口も多いだろう。仕事がなくても、最悪ミルクホールの手伝いなどすれば良い。

かくして治郎はひとり上京し、浅草寺にお参りをして、瓢簞池《ひょうたんいけ》越しに聳《そび》える浅草十二階『凌雲閣《りょううんかく》』を眺《なが》めてから松崎家にやって来たのである。

さすがに浅草という街は人が多く、あちこちに色とりどりの幟《のぼり》が立ち、商店や芝居小屋などが建ち並んでいた。

やはり横須賀の地元より洋装の人が多く、和装とほぼ半々で、令嬢《れいじょう》が日傘を差しドレスで歩いていたりしたので、西洋人と見紛《みまが》うほどだった。

ミルクホールとは、喫茶店の走りのようなものだが、若い学生への滋養《じよう》にと牛乳が主《おも》に出され、あとは饅頭《まんじゆう》や羊羹《ようかん》なども出していた。蓄音機《ちくおんき》で流行歌を流し、席数も、四人掛けのテーブルが二つに、三人座れるカウンターがあるだけだ。

母娘で営業しているので、日暮れには閉店してしまう。

玄関で下駄を脱いだ治郎は、寿美代に案内されて二階に上がった。先に階段を上がる寿美代の裾《すそ》が僅《わず》かにめくれて脹《ふく》ら脛《はぎ》が薄暗い中でも白く浮かび上がり、思わず彼は階段に躓《つまず》きそうになってしまった。

（来た早々に転げ落ちたら、とんだ久米仙人《くめの》だ……）

治郎は僅かに揺らぐ裾の巻き起こす生ぬるい風を嗅《か》いで、股間を熱くさせてしまった。

もちろん二十歳になっても、治郎は岡場所など行ったこともない完全なる無垢《むく》で、早熟な友人の話を羨《うらや》ましげに聞くだけである。

治郎は瘦《や》せていて中学時代に授業であった柔道や剣道も苦手だったが、それでも淫気だけは強く、日に二度三度と手すさびしなければ治まらないほどであった。

階下には店の他に茶の間に母娘の部屋、台所にご不浄に風呂場もあった。

二階は二間で、押し入れのある六畳間が治郎の部屋。もう一部屋は新助の部屋だったらしく、夥《おびただ》しい書物がそのまま残されていて、彼は目を見張った。

「この本は、好きなように読んでいいわ。近々処分しようと思っていたのだけれど、治郎さんが来るというので、きっと興味のある本もあるでしょう」

「ええ、助かります」

彼は並ぶ背表紙を眺めて答え、楽しみは後に取っておこうと、まずは自分の部屋に信玄袋を置いた。部屋には、新助が使っていたらしい机も置かれ、押し入れには布団が入っているようだ。

寿美代が窓を開けたので外を見ると、窓下は商店街の裏路地で、賑《にぎ》やかな界隈《かいわい》ではなく静かだった。

「じゃお店にいるので、休憩したら降りてきて下さいな」

「はい、有難うございます」

寿美代が言い、彼は答えながら出てゆく彼女の残り香を追った。

こんなふうに、女性と間近に話すのは初めてである。

しかも寿美代は以前に会ったときよりも、さらに美しく熟《う》れた未亡人になっており、そんな女性と今日から毎日同じ屋根の下で暮らせるのだ。

やがて彼は、新助の蔵書を見たい思いに駆《か》られながらも下へ降りることにした。まだ早苗との挨拶《あいさつ》も済んでいないのである。

階下へ行くと、階段脇にご不浄があった。夜にでも用を足しに降りるときは母娘の部屋の前を通らなくて済みそうだ。

その脇に風呂場と台所があり、店の注文で調理などするときはそこで行なっているのだろう。その横に店に通じる戸があった。

治郎は玄関から自分の下駄を持って来て、店との境の戸を恐る恐る開けてミルクホールに入った。

「あ、こんにちは」

するとカウンターの中にいた早苗が、笑窪《えくぼ》を浮かべ挨拶してきた。可憐《かれん》な口から八重歯《やえば》が覗《のぞ》く。清楚《せいそ》な着物にエプロン、髪は桃割れに結っている。顔だちは寿美代に似た美形で、小柄だが母親のような豊乳になる兆《きざ》しが見えていた。

これも以前会った子供っぽい女学生とは違い、十八となった早苗は眩《まぶ》しいほどの美少女であった。

「お世話になります」

治郎が頰《ほお》を熱くさせて頭を下げると、

「いま混んでいるから、窓際のテーブルで相席で。ホットミルクでいいかしら」

早苗が言い、すぐに寿美代も牛乳を鍋に注いだので、治郎も奥の席へと行って座った。

「失礼します」

同い年ぐらいの黒い学生服を着た男が、四人掛けのテーブルに一人で座っていたので、治郎は声を掛けると、彼も小さく会釈《えしやく》して開いた本に目を戻した。

店内はほぼ満席で、本を読んでいる学生、子連れの家族、あるいは学校を出ていながら働き口のない高等遊民らしき客たちがいた。

ただ酒類は出さないので、客層は静かな人たちのようで、隅にある蓄音機からは露西亜《ロシア》の歌曲『赤いサラファン』が流れていた。

やがて早苗がホットミルクを持って来て、治郎の前に置くと、

「僕もお代わりを」

向かいの学生が、坊主頭を撫《な》でながら言った。

治郎は湯気の立つミルクを一口すすってから、テーブルにあった角砂糖を二つ入れて搔《か》き回した。

「君は、店の奥から出てきたけど、ここの人ですか」

と、向かいの学生が話しかけてきた。

「ええ、今日から二階に下宿することになりました」

「それは羨ましい。立ち入ったことだが、どういうご縁で？」

真面目《まじめ》そうな男なので、治郎も隠し立てせず答えた。

「父と、ここの亡くなったご主人が従兄弟同士でして、今日横須賀から出てきたんです」

「そうですか。僕も松崎記者のいた新聞社には、ずいぶん相談に乗ってもらったのです」

「新助さんをご存じでしたか。どんな相談です？　あ、僕は和田《わだ》治郎」

「いえ、ご本人は知りません。平井太郎《ひらいたろう》です。太郎とジロウですね」

「それは奇遇《きぐう》、僕は明治の治ですが」

言って笑うと、彼も不器用そうな笑みを洩《も》らした。

同年代とすると、三年前では太郎もまだ中学生だろうから、そう浅草には来ていないだろうし、そもそもこの店もまだ開店していない。

店は、新助の死後しばらくしてからだから、まだ二年ばかりである。

「では、遠縁と言っても薄いですな」

「ええ、寿美代小母《おば》さんは血のつながりはないし、早苗ちゃんとはごく薄い又従《また》兄妹になります」

治郎が答えたところに、早苗がお代わりを運んできた。

「お話が弾《はず》んでいるのね」

早苗がふんわりと甘い匂いをさせ、笑って二人に言ったが、すぐまた仕事をしにカウンターへ戻っていった。

その姿を太郎の目が追っているので、彼は早苗目当てに来ているのかも知れない。

だとしたら治郎は、この男が手強《てごわ》いライヴァルになるような気がした。

二

「そう、新聞社への相談とは、帝国少年新聞の企画です」

「ものを書くのですか。僕も好きでして、実家が書店なものですから」

太郎に答え、治郎は東京へ来ていきなり話の合う相手に出会えたことを嬉《うれ》しく思った。

平井太郎は十九歳、今は牛込区《うしごめ》に母方の祖母と暮らし、早稲田《わせだ》大学予科に通っているらしい。してみると九月には早稲田の学生になるのだろう。この頃は西洋式で、入学は秋だった。

「僕は浅草が好きでして、来るたびにここへ寄り、たまたま来ていた新助氏の友人の記者と会って話し相手になってもらったのです」

「そう、賑やかで、和洋入り乱れた面白そうなところですね」

治郎は言ったが、太郎の新聞の企画は実現しなかったらしい。

「どんなものを書いてますか」

太郎に言われ、治郎は少し迷い、心を開けば彼も開くかと思って答えた。

「僕は、谷崎《たにざき》の『悪魔』のような小説が書きたいです。まだまだ上手《うま》く書けませんが」

治郎は言った。書きたい作品を口に出すのは初めてだった。

谷崎潤一郎《じゆんいちろう》の『悪魔』は、昨年中央公論《ちゆうおうこうろん》に発表されたもので、娘が鼻をかんだハンケチを舐《な》める描写に激しく興奮したものだ。

そんな性癖《せいへき》でも、文学に昇華出来るのかと目から鱗《うろこ》が落ちる心地になったものである。

「ほう、谷崎作品ですか。『悪魔』は、まさに上京して母娘の家に住む話だから、今の君と同じですね」

太郎が言う。やはり彼も『悪魔』は読んでいたようだが、それ以上内容について話すことはなく、自分の話をした。

「僕は探偵ものが好きでエドガー・アラン・ポーとか、ドイルが好きです。いずれ、明智《あけち》光秀《みつひで》の行動力と、桂《かつら》小《こ》五郎《ごろう》の変装術などを合わせ、明智小五郎という探偵を作りたいと思っているのです」

話は思いのほか弾《はず》んだ。

やがて互いにミルクを空《から》にし、気がつくと周囲の客たちも帰りはじめ、外も日が没《ぼっ》しようとしていた。まだまだ夜まで浅草は賑やかなはずだが、そろそろ店は閉める頃合いらしい。

「ではそろそろ行くので、是非また話しましょう」

太郎が言い、本を抱えて立ち上がった。

「ええ、二階にいると思うので、来たら声を掛けて下さい」

治郎も答え、彼を見送ってから客のはけた席に戻った。

「このままここでお夕食にしましょう」

蓄音機を切った早苗が言い、店のドアを施錠《せじょう》してカーテンを閉めた。

寿美代は、もう母屋《おもや》へ入って、風呂や夕食の仕度《したく》をしているようだ。

美しい母娘と、茶の間で差し向かいの食事をするより、開放的な店の方が彼も気が楽だった。何しろ女性と食事をするなど、母親以外は生まれて初めてのことなのだ。

まあ店の中でも緊張は同じで、味など分からないかも知れない。

それでも、確かに空腹を覚えはじめていた。

昼前に横須賀を出て車内で駅弁を食い、新橋《しんばし》から乗り継いで浅草に来て、松崎家を探しながら浅草を歩き回ったのである。

やがて寿美代が戻り、料理をカウンターに置くので、それを早苗がテーブルに運んでくれた。

「ビールは飲む?」

「いえ、飲む習慣はありません」

早苗に訊《き》かれ、治郎は答えた。父の付き合いで少々飲んだことはあるが、酒など働いてからのことだと考えていた。

やがて料理が並んだ。コロッケに野菜に煮付けに味噌汁、飯は丼だった。

「では頂きます」

向かいに母娘が座り、治郎は緊張して言いながら食事をはじめた。

しかし食べはじめると実に旨《うま》く、丼飯もたちまち減っていった。

「本当は洋食屋も考えたのだけど、あまり料理が増えると手が回らないので」

寿美代が言い、早苗も治郎の向かいで緊張の様子もなく健康的な食欲を見せていた。

「どこかで働きたいと思うのですが」

「ええ、それじゃあ二日三日休んで、あちこち歩いて決めるといいわ。時間ある時、私も一緒に行くわ」

治郎が言うと、早苗が答えた。

やはり、いつまでも二階で遊んでいるわけにもいかない。

それでは高等遊民だ。もっとも大学も高専（高等専門学校）は出ていないが、中等学校は出ているのだから、中等遊民というところか。

「本当は、ここで手伝ってもらうのが良いのだけど、やはり男の人がいると何かと安心だから」

「ええ、ここでお仕事があるなら、それが一番良いです」

「じゃ考えておいてね」

寿美代は言い、やがて治郎は食事を終えて二階へ戻ることにした。

風呂が沸《わ》いているというので、彼は着替えを持つとすぐに再び降り、風呂場へ行った。

脱衣所に流しと鏡があり、彼は持って来た歯ブラシを置かせてもらい、袴と着物を脱いだ。出がけに洗濯済みのものを着てきたので、しばらくは洗わなくて大丈夫だろう。

脱衣所の隅に戸があり、外の井戸端に通じている。

洗濯などは、外でするようだ。洗い物は、外の盥《たらい》に浸《つ》けろと言われているので彼は下帯だけ水の張られた盥に入れておいた。まだ、寿美代や早苗のものは入っていない。

風呂場に入って頭から湯を浴《あ》び、持って来た手拭《てぬぐ》いを濡らして石鹸《せっけん》を塗り付けて全身を擦《こす》った。髪も石鹸で洗い、もう一度湯を浴びると、ゆったりと湯に浸かった。

この風呂場で、あの美しい母娘が裸になって体を洗うのだと思うと、どうにも股間が熱くなってしまった。

そして湯から上がると、次は早苗が入るのだろうから、湯船に陰毛でも浮いていないか注意深く見ては手桶で掬《すく》い取ってから身体を拭《ふ》いたのだった。

持って来た下帯を着けて襦袢《じゅばん》を羽織り、袴だけ穿《は》いて軽く帯《おび》を締めると彼は茶の間に声を掛けて二階へ上がった。

電灯を点《つ》けると、いつの間にか床《とこ》が敷き延べられていた。

これで明朝まで、誰かが来ることはないだろう。

さすがに疲れたので、今夜は一回手すさびして寝ようと思った。

寿美代に言われたように、少しの間はノンビリして浅草を歩いたり、新助の蔵書を読み耽りたい。

治郎は脱いだ袴と襦袢を衣紋《えもん》掛けに掛け、もう寒い時季でもないので、家でもそうしていたように下帯一枚で寝ることにした。

階下では、早苗が風呂に入り、寿美代は後片付けをしているようだ。

布団に座って下帯を外すと、もう若い一物は待ち切れないほどピンピンに突き立っていた。

谷崎の『悪魔』では、主人公が娘の鼻水を舐め、さらには厠《かわや》の下にまで潜《もぐ》り込みたい、という心理描写があった。

治郎も、あの可憐な早苗を厠の真下から見たいと思った。

（いや、寿美代小母さんでもいい……）

彼は思った。

もちろん妄想だけの世界であり、実際に生身の女性を前にしたら何も言えないし、欲望を正直に出すことすら気恥ずかしくて出来ないだろう。

治郎は勃起した幹を握って動かし、急激に果てそうになっては摩擦を止め、また落ち着いてから何度も高まりを目指す。彼は快感の波をたゆたった。

どうせ足りなければ二回続けてすれば良いのだが、初めて東京で抜くのだし、下には美しい母娘がいるのだから、最高の一回にしたかった。

鈴口からは粘液が滲《にじ》み、いくら我慢しても、いよいよ激しい絶頂の快感が迫りつつあった。

彼は射精を受け止めるチリ紙を用意し、いよいよ昇り詰めようと思った。

あまりに夢中になっていたために、誰かが階段を上がってくる足音にも気づかなかったのだ。

いきなり襖《ふすま》が開き、治郎は股間を隠すことも出来ずに全身を凍《こお》り付かせた。

三

「形見の万年筆だけど、これ使って下さる？　まあ……」

寿美代が言い、彼女は万年筆を握ったまま治郎以上に硬直《こうちょく》して目をそむけた。

「す、済みません……」

我に返った彼は慌てて股間を隠し、辛《かろ》うじて絶頂寸前で動きを停めると、かすれた声で言った。

しかし、いくら隠しても遅く、寿美代はしっかり見てしまったようだ。

（ああ、どうしよう……）

彼は絶望に目の前が真っ暗になった。

大変なことになった。来たばかりなのに、これで明日にも出てゆくことになるのではないかと暗澹《あんたん》たる気持ちになった。しかし、心とは裏腹に一物の方は硬くなったままである。

すると、風呂に入る前から寝巻姿になっていた寿美代は、部屋に入って来て机に万年筆を置くと、治郎に向き直った。

「気にしないで。若いのだから無理もないわ。それより、ちゃんと見せて」

彼女が静かに言い、股間を隠している治郎の手を握ると、やんわりと引き離す。まだ勃起したままだった。

「大きいわ。力を抜いて、そこに寝て」

寿美代が言ってそっと彼を仰向《あおむ》けに押しやると、屹立《きつりつ》した一物に息がかかるほど顔を寄せて屈《かが》み込んできた。

そしてとうとう指を伸ばし、そっと幹を撫ではじめたのである。

「ああ……」

治郎は全身を強《こわ》ばらせて喘《あえ》ぎ、生まれて初めての一物への刺激にガクガクと身を震わせた。

もう寿美代の方は驚きから立ち直ったようで、年の功からか落ち着きを見せている。ほんのり汗ばんだ生温かな手のひらで幹を包み込み、ニギニギと動かしてくれた。

「あう……、ど、どうか……」

治郎は、何が起きたのかも分からなくなり、ただ刺激に呻《うめ》き、クネクネと腰をよじらせるばかりだった。

慣れた自分の指ではなく、人の手というのは実に微妙で妖《あや》しい刺激があった。時に予想も付かない動きをしたり、意外と感じる部分の再発見というものもあった。

「も、もう……」

「いきそう？　続けて出来るなら、一度出して落ち着くといいわ」

彼が降参するように声を絞り出すと、寿美代が答え、さらに顔を寄せて何と舌まで這《は》わせてきたのである。生温かな唾液に濡れた舌先が、ゆっくりと滑らかに肉棒の裏側をたどり、先端まで来ると指で幹を支え、粘液の滲む鈴口をチロチロと舐め回してきたのだ。

さらに張りつめた亀頭がしゃぶられ、そのまま彼女は丸く開いた口でスッポリと喉《のど》の奥まで呑《の》み込んでいった。

「アア……」

治郎は、温かく濡れた美女の口腔に深々と含まれ、夢のような快感に激しく喘いだ。何やら、すでに自分は疲れて眠り、心地よい夢でも見ているようだった。

「ンン……」

寿美代は先端が喉の奥にヌルッと触れるほど頬張り、小さく呻いて熱い息を彼の股間に籠《こ》もらせた。幹を丸く締め付けて吸い、口の中ではクチュクチュと舌がからみ、たちまち若い一物は美女の生温かな唾液にまみれ、絶頂を迫らせてヒクヒクと震えた。

「ああ、い、いきそう……」

治郎は降参するように言ったが、寿美代は強烈な愛撫を止めないので、このまま出して良いということなのだろうか。

(女の人の口に……?)

彼は、あまりのことに驚いたが、このままでは本当に美女の口を汚してしまうだろう。すると寿美代は、さらに顔を小刻みに上下させ、スポスポと摩擦しはじめたのである。

もう限界だった。

「い、いく……、アアッ……!」

とうとう彼は喘ぎ、大きな絶頂の快感に全身を貫《つらぬ》かれ、ガクガクと身悶《みもだ》えながら昇り詰めてしまった。同時に、熱い大量の精汁がドクンドクンと勢いよく噴出した。

「ク……、ンン……」

喉の奥を直撃された寿美代が小さく鼻を鳴らしたが、なおも舌の蠢《うごめ》きと吸引、濃厚な摩擦は続いた。

「ああ……、き、気持ちいい……」

溶けてしまいそうな快感に思わず口走りながら、彼は美女の口を汚すという禁断の快感に悶え、最後の一滴まで出し尽くしてしまった。

深い満足の中で肌の硬直を解き、グッタリと身を投げ出したが、荒い呼吸と激しい動悸はいつまでも治まらなかった。

ようやく寿美代も動きを停め、亀頭を含んだまま口に溜まった大量の精汁をゴクリと一息に飲み込んでくれたのだ。

「あう……！」

喉が鳴ると同時に口腔がキュッと締まり、彼は駄目押しの快感に呻いた。しかも精汁を飲んでもらったという衝撃に、またすぐにも回復しそうになってしまった。

飲み干した寿美代は、やっとスポンと口を離すが、なおも余りを絞るように幹をしごき、鈴口に脹らむ白濁の雫《しずく》まで丁寧にチロチロと舐め取り、綺麗にしてくれたのだった。

「あうう……、も、もう、どうか……」

治郎は腰をよじって呻き、射精直後で過敏になった亀頭をヒクヒクと震わせて降参の声をあげた。

すると寿美代もようやく舌を引っ込めて顔を上げ、

「いっぱい出たわね。すごく濃いミルクだわ」

上気した顔で言いながら、ヌラリと淫《みだ》らに舌なめずりした。

治郎はもう魂《たましい》が抜かれたように身体を横たえ、ただ荒い息遣いを繰り返すばかりだった。

これほど大きな快感は初めてであり、しかも済んだあと自分で空《むな》しく精汁を拭わなくて済むことは、何より幸せに思えた。

そして、いきなり寿美代は寝巻の帯を解きはじめた。

寝巻が滑り落ちると、風呂に入る直前だったからか下には何も着けておらず、何とも豊かで白い乳房が弾《はじ》けるように露《あら》わになって揺れた。

「さあ、出して落ち着いたでしょう。また出来るようになるまで、私を好きにして構わないわ」

囁《ささや》きながら、優雅な仕草《しぐさ》で添い寝してきたのだ。

治郎も、先ほどの余韻《よいん》に包まれたまま朦朧《もうろう》としながら、甘えるように彼女に腕枕してもらい、実に豊満に息づく乳房に顔を寄せた。

まさか階下の早苗は、母親と治郎が戯《たわむ》れているなど夢にも思わず眠っていることだろう。

彼は生ぬるく甘ったるい体臭に包まれ、夢中で鼻先にある乳首に吸い付き、顔中を押し付けて柔らかな膨らみを味わった。

「アア、いい気持ちよ……」

寿美代がうっとりと喘ぎ、仰向けの受け身体勢になってくれた。

治郎もつられてのしかかるように上になり、左右の乳首を交互に含んで舐め回し、さらに腋《わき》の下にも鼻を埋め込んだ。そこは色っぽい腋毛が煙《けむ》り、ほんのり生ぬるく湿って、何とも甘ったるい汗の匂いが濃厚に籠もっていた。

鼻腔を満たす匂いが胸に沁《し》み込み、その刺激が股間に伝わると、果てたばかりの一物がムクムクと雄々《おお》しく勃起していった。

すると強ばりが肌に触れて気づいたか、

「もう勃っているのね。いいわ、入れて……」

寿美代が息を弾ませて言ったが、彼はまだこうして味わっていたかった。

腋の匂いで胸を満たしてから、白く滑らかな熟れ肌を眺め降り、形良い臍《へそ》から、ピンと張り詰めた下腹にも顔を押し付けて弾力を味わった。

さらに豊満な腰から脚を舐め降り、思わず足首まで行って足裏に回り込んで、そのまま踵《かかと》から土踏まずに舌を這わせた。

「アア……、汚いわ、そんなところ舐めたら……」

寿美代が、子供の悪戯《いたずら》でも窘《たしな》めるように言ったが、もう治郎の勢いは止まらなかった。

別に谷崎作品の影響というのではなく、女体の隅々、特に脚に惹《ひ》かれるものがあったのである。

形良く揃った足指に鼻を割り込ませて嗅《か》ぐと、そこは生ぬるい汗と脂《あぶら》にジットリ湿り、蒸れた匂いが濃厚に沁み付いていた。

「アア……、駄目よ……」

寿美代は喘いで拒《こば》むことはしなかった。やがて治郎は彼女の脚を大きく広げ、その内側を舐め上げて股間へと迫っていった。

四

「アア……、見なくていいのよ。早く入れて……」

白くムッチリと量感ある内腿を舐め上げると、寿美代が嫌々をして言った。

「だって、見ないと分からないから」

「そんなところ、見るものじゃないわ……」

治郎が股間から言うと、彼女はヒクヒクと白い下腹を波打たせて答えた。

明治一桁《けた》生まれの寿美代は、モダンなミルクホールを経営しながらも、心根は古風なのだろう。

確かに淫気に突き動かされ、若い一物にしゃぶり付いて彼の精汁を吸い取ってしまったが、受け身となると羞恥心《しゅうちしん》が前面に出て、ただ挿入されさえすれば良いという考えだったようだ。

治郎は口に出したばかりで少しは余裕があるのだから、憧れだった女体の神秘の部分を隅々まで観察したかったのである。

股間に顔を寄せて目を凝《こ》らすと、ふっくらした丘には黒々と艶《つや》のある茂みが濃く密集し、割れ目からはみ出す花びらは、内から溢《あふ》れ出る蜜汁にヌラヌラと潤《うるお》っていた。

そっと震える指を当てて陰唇を左右に広げると、

「あう……」

触れられた寿美代が呻いて内腿を震わせた。

中も綺麗な桃色の柔肉《やわにく》で全体がヌメヌメと濡れ、かつて早苗が生まれ出てきた膣口も、襞《ひだ》を入り組ませて妖しく息づいていた。

尿道口だろうかポツンとした小さな穴も確認出来、包皮の下からは光沢あるオサネがツンと突き立っていた。

まだ見たことはないが、真珠というのはこういうものなのだろうと、治郎は興奮しながら思った。

「も、もうどこに入れるか分かったでしょう。早く……」

「少しだけ舐めてみたいので。僕もしてもらったのだから」

「だ、駄目よ、お風呂にも入っていないのに……、あう！」

吸い寄せられるように治郎がギュッと股間に顔を埋め込むと、寿美代はビクリと驚いて呻き、逆に離すまいとするかのように内腿でムッチリと彼の両頬を挟み付けてきた。

治郎は、悶える豊満な腰を抱え込み、柔らかな茂みに鼻を擦りつけて嗅いだ。

心地よい感触とともに、隅々に蒸れて籠もる甘ったるい汗の匂いが鼻腔を掻き回してきた。

（ああ、これが女の割れ目の匂い……）

彼は感激と興奮に包まれながら思い、その悩ましい匂いの刺激でうつ伏せのままムクムクと最大限に回復していった。

うっとりと胸を満たしながら柔肉を舐めると、生ぬるいヌメリは淡い酸味を含んで舌の動きを滑らかにさせた。

膣口の襞をクチュクチュ掻き回し、柔肉をたどって味わいながらオサネまで舐め上げていくと、

「アアッ……！」

寿美代がビクッと顔を仰け反《の ぞ》らせて喘ぎ、さらにきつく内腿に力を込めてきた。

チロチロと舌を蠢かすと、蜜汁の量が格段に増えてきた。

「も、もう堪忍《かんにん》、お願い、入れて……」

寿美代が嫌々をしながら息も絶えだえになって懇願《こんがん》するので、すっかり高まった彼も舌を引っ込めて身を起こした。

一物を進めていくと、寿美代もほっとしたように股を開いてくれていた。

寿美代は急角度にそそり立った幹に指を添えて、先端を濡れた割れ目に擦り付けて潤いを与えながら息を詰め、僅かに腰を浮かせて誘導してくれた。

「もう少し下……、そう、そこよ、来て……」

治郎がグイッと股間を押しつけると、張り詰めた亀頭がまるで落とし穴にでも嵌《は》まったようにヌルリと潜り込んだ。

「あう、来て、奥まで……」

寿美代が呻いて言い、彼もヌメリに合わせてヌルヌルッと根元まで滑らかに押し込むと、何とも心地よい肉襞の摩擦が幹を刺激してきた。

「アア、いいわ、脚を伸ばして……」

彼女が両手を伸ばして言うので、治郎も抜けないよう股間を押しつけながら、そろそろと片方ずつ脚を伸ばして身を重ねていった。

すると寿美代が下から両手を回して抱き留め、彼の胸の下で豊かな膨らみが押し潰れて弾んだ。

（ああ、とうとう女性と一つに……）

治郎は筆下ろしをした感激と快感に包まれながら、感触と温もりを味わった。

なるほど、実に心地よいもので、これなら古今東西、美女一人のために男が殺し合い、城が傾《かたむ》くのも納得出来る気がした。

「突いて……、何度も強く奥まで……」

寿美代が目を閉じて言い、待ち切れないようにズンズンと股間を突き上げてきた。膣内もキュッキュッと味わうように締まり、彼は初めて内部が上下に締まることを知った。つい陰唇を左右に開くものだから、内部も左右に締まると思い込んでいたのである。

もし、さっき彼女の口に出していなかったら、挿入の摩擦だけで、あっという間に果てていたことだろう。

治郎は突き上げに合わせ、ぎこちなく腰を突き動かしながら、上からピッタリと唇《くちびる》を重ねていった。

柔らかな感触と、ほのかな唾液の湿り気を味わいながら舌を挿《さ》し入れ、滑らかな歯並びを舐めると、

「ンンッ……」

寿美代も熱く鼻を鳴らし、彼の舌をチュッと吸ってネットリとからみつけてきた。生温かな唾液に濡れ、滑らかに蠢く舌が心地よく、彼も寿美代の熱い鼻息に鼻腔を湿らせながら夢中で舌を蠢かせた。

そして徐々に調子をつけて腰を遣い、熱く濡れた内壁の摩擦に高まってきたが何しろ締まりが良くて押し出されそうになるので、常にグッと股間を押しつけていなければならない。

それでも快感に任せて動いていると、僅かな角度のずれでヌルッと一物が外れてしまった。

「あう、慌てないで……」

寿美代が言って手を伸ばし、先端を再び膣口にあてがい、彼も滑らかに根元まで押し込んでいった。

しかし気負いばかりが先に立ち、なかなか突き上げとの動きも合わず、まして自分のような未熟者が大人の女性を果てさせることなど出来るのだろうかと、あれこれ思ってしまった。

そして再びヌルリと引き抜けてしまうと、

「す、済みません。上になって下さい……」

彼は縋《すが》るように言った。すると寿美代も、

「いいわ、仰向けになって」

と、身を起こしながら言ってくれたのだ。彼は入れ替わりに仰向けになると、寿美代も遠慮なく一物に跨《また》がり、先端を膣口に納めて座り込んだ。

「アア……、もう抜けないようにするわね……」

ピッタリと股間を密着させて言い、彼女が顔を仰け反らせて悶えるたび、豊かな乳房が艶《なま》めかしく揺れた。

そして彼女が身を重ねてきたので、治郎も下から両手を回してしがみついた。

「膝を立てて。激しく動くと抜けてしまうから……」

寿美代が囁くと、彼も僅かに両膝を立て、蠢く豊満な尻を支えた。

なるほど、これなら仰向けの彼の腰も固定され、抜ける心配もなく彼女は自在に動けるだろう。それに自分が下だと、いかにも美しい大人の女に手ほどきされているという実感が湧《わ》いた。

上になった彼女が股間を擦り付けるように動かすと、恥毛が擦れ合い、コリコリする恥骨の感触も伝わってきた。

治郎もしがみつきながら、様子を見つつ徐々に股間を突き上げはじめ、改めて心地よい肉襞の摩擦を味わいはじめたのだった。

五

寿美代も調子をつけて腰を動かし、熱く湿り気ある息を弾ませた。

互いの動きも一致したので、もう抜ける心配もなく治郎もジワジワと絶頂を迫らせていった。

「アア……、いきそうよ……、すごいわ……」

大量に溢れる蜜汁で、さらに律動《りつどう》が滑らかになった。

溢れた分が陰嚢の脇を伝い、自分の肛門の方にまで生温かく流れてきた。そして動くたび、ピチャクチャと淫らに湿った摩擦音が響いた。

治郎は、顔を寄せて喘ぐ美女の吐息を嗅いで高まった。それは白粉《おしろい》のように甘い刺激を含み、悩ましく鼻腔を掻き回してきた。

「い、いく……、気持ちいいわ、アアーッ……！」

たちまち寿美代が声を上ずらせて喘ぎ、膣内の収縮を最高潮にさせ、ガクガクと狂おしく全身を痙攣《けいれん》させはじめた。

どうやら、本格的に気を遣ってしまったようだ。

同時に彼も、収縮に巻き込まれるように、二度目の絶頂を迎えた。

ありったけの熱い精汁がドクンドクンと勢いよくほとばしると、それは立て続けの二度目とも思えない大きな快感と量であった。

「あ、熱いわ、もっと出して……」

奥に噴出を感じた寿美代が、駄目押しの快感を得たように言った。

治郎も股間を突き上げながら、心ゆくまで快感を味わい、最後の一滴まで出し尽くしていった。

そして、すっかり満足して徐々に突き上げを弱めていった。

口に出して飲んでもらったときも溶けてしまいそうに心地よかったが、やはり情交というのは、こうして男女が一つになり、快感を分かち合うのが最高なのだと実感したのだった。

「アア……、すごかったわ、上手よ……」

すると寿美代も満足げに熱く甘い息で囁き、熟れ肌の強ばりを解いてグッタリともたれかかってきた。

治郎は美女の温もりと重みを受け止め、まだ名残《なごり》惜しげに繰り返される収縮に刺激され、内部でヒクヒクと過敏に幹を跳ね上げた。

「あう、もう暴れないで……」

寿美代も感じすぎるように呻き、幹の震えを抑えるようにキュッときつく締め上げてきた。

治郎はうっとりと快感の余韻に浸《ひた》り込んでいった。

しばし重なったまま荒い息遣いを繰り返していたが、やがて寿美代がそろそろとチリ紙に手を伸ばして身を起こし、割れ目にあてがいながら股間を引き離していった。

そして手早く割れ目を拭うと、彼女は淫水と精汁にまみれ、満足げに萎《な》えかけている一物も包み込み、丁寧に処理してくれたのだった。

「さあ、じゃお風呂に入ってきますからね。治郎さんは、このまま寝る？」

「ええ、もう起きられません……」

「そう、じゃゆっくりお休みなさい」

寿美代は言い、全裸の彼の上に布団を掛けてくれ、自分は寝巻を羽織り、手早く帯を締めて立ち上がると、電灯を消して静かに部屋を出て行った。

階段を下りてゆく足音を聞きながら、治郎は暗い部屋で、

（今のは、夢ではないよな……）

と自問自答した。しかし、まだ鼻腔に残る甘い匂いと心地よい感触の余韻が、全て現実のことだと物語っていた。

まさか、東京へ来た早々、最初の晩にこんなにもすごい体験が出来るとは夢にも思っていなかった。そして、今後に熱い期待を抱きながら目を閉じた。

さすがに長旅や緊張もあって疲れていたか、彼はあっという間に深い睡《ねむ》りに落ちてしまったのだった……。

――翌朝、階下の物音で治郎は目を覚ました。

もう窓の外は、薄明るくなっている。身を起こすと全裸のままで、クズ籠を見ると処理したチリ紙が捨てられて、やはり昨夜の出来事は夢ではなかったと思い、彼は胸がいっぱいになった。

もう今日から、童貞ではなく本当に成人したのだ。

そう思って彼は下帯を着け、襦袢《あさげ》と着物を着て帯を締めた。

そして着流しで階下へ行き、朝餉の仕度をしている寿美代に挨拶した。

「おはようございます」

「おはよう、よく眠れたかしら」

「ええ、おかげさまでぐっすり」

笑顔で答える彼女に答え、治郎はご不浄と洗顔を済ませた。寿美代の様子も全く変わりなく、何事もなく振る舞うのがいかにも大人という感じがした。

やがて早苗も出てくると、三人で朝食を囲んだ。

店ではなく茶の間の卓袱台《ちゃぶだい》だが、彼も思っていたほどの緊張もないのは、やはり女体を知ったからなのかも知れない。

しかし寿美代と面と向かうと、昨夜のあれこれが思い出されて股間が熱くなってきた。そして笑窪のある可憐な早苗の顔を見ると、

(この子のアソコも、同じように濡れるのだろうか……)

と、あらぬ妄想が浮かんでしまい、結局は海苔《のり》と味噌汁、卵かけご飯の味が分からなくなってしまった。

朝食を終えると、寿美代は店の準備にかかり、早苗は流しの洗い物や洗濯をして、これがいつもの朝の習慣のようだった。

「あの、僕も何かお手伝いを」

店を覗いて言うと、

「ううん、昨日来たばかりなのだから少しノンビリして、外でも歩いてくるといいわ」

寿美代が笑顔で答え、治郎も言葉に甘えてそうすることにした。

治郎はいったん二階に上がって袴を着けて降り、下駄を履いて外に出た。

浅草は、朝から賑やかに人が行き交っていた。

もう開いている定食屋は、これから学校へ行くらしい若者たちが朝飯を食い、多くの幟が立っている芝居小屋なども開店準備をしていた。

浅草公園六区の方へ行くと、電気館があり洋画『ジゴマ』を上映していた。

昨年は日活《にっかつ》（日本活動写真株式会社）が設立され、日本でも多くの映画が作られはじめていた。

治郎も横須賀で、目玉の松ちゃん（尾上松之助《おのえまつのすけ》）の『忠臣蔵《ちゅうしんぐら》』を観た。

もちろん全てサイレント（無声映画）で、弁士が解説をしている。

電気館の入場料は十五銭、もちろん父が持たせてくれたいくばくかの金はあるが今日は入場を控えた。

いずれゆっくり、太郎にでも案内してもらい、電気館や花やしき、十二階にも入ってみたいと思った。

ちなみにタクシーは一マイル（約一・六キロメートル）六十銭だったが、別に乗ってどこかへ行く場所もない。とにかく見るものが何もかも珍しく、すれ違う人も実に多くて目が回りそうだった。

やがて治郎は一回りして、ミルクホールへと戻った。店はまだ開店前で、彼は脇から母屋へと入ろうとした。

そこで、彼は声を掛けられたのだ。

「あの、ここの方ですか？」

振り返ると、洋装の女性が二人いた。一人は丸眼鏡に地味なブラウスとスカートの二十代半《なか》ば過ぎ。もう一人は二十歳ちょっとぐらいで、日傘を傾けたバッスルドレスの令嬢ではないか。

「え、ええ、遠縁のものですが、昨日から二階の居候《いそうろう》になりました」

いきなり二人の女性を前にし、治郎は緊張しながら答えた。

「そう、開店はまだかしら」

「九時なので、もう間もなく」

彼が答えると、ドアが開いて早苗が出てきた。

「まあ、百合子《ゆりこ》先生。ご無沙汰《ぶさた》してます」

早苗が顔を輝かせ、眼鏡の女性に声を掛けた。どうやら知り合いらしい。

「お久しぶりね、早苗さん。こちらは高宮華枝《たかみやはなえ》さんで、今日から私の生徒。少し休憩してもいいかしら」

「ええ、どうぞ。すぐ開けますので」

早苗が二人を招き入れ、

「治郎さんもどうぞ。今ミルクを沸かしているので」

言われて治郎も店に入った。

眼鏡女性と令嬢が窓際のテーブルに行ったので、彼は遠慮してカウンターに座った。

寿美代も挨拶し、手際よくカップを三つ用意して蓄音機を掛け、今日も軽やかな歌曲『赤いサラファン』が流れてきた。

第二章　無垢《むく》な看板娘の好奇心

一

「ピアノ教室をはじめたのですか。わあ、私も習いたいわ」

早苗も二人のテーブルに行って話し込んでいたが、やがて寿美代に呼ばれてミルクを運んだ。

治郎もホットミルクに砂糖を入れて飲みながら聞いていると、どうやら眼鏡女性は野田《のだ》百合子、早苗の女学校時代の音楽の先生らしい。結婚で引退をし、今は子も出来て落ち着いたので、自宅でピアノ教室をはじめ、この華枝という令嬢が最初の生徒のようだった。

そういえば、昨今《さっこん》は娘たちの間でピアノが流行しているようだ。

百合子の新居も浅草にあり、華枝は本郷《ほんごう》の屋敷からタクシーで来て六区で待ち合わせ、これから百合子の家に案内されるところなのだろう。

途中、元教え子のミルクホールがあったので気になり、それで百合子は治郎に声を掛けてきたのだ。

それとなく観察していると、眼鏡美女の百合子は知的で上品。颯爽《さっそう》とした長身で、鼻筋の通った芯の強さを感じさせる顔だちをしている。早苗も在学当時から慕《した》っていた感じである。

華枝も見た目はお高い印象だが、案外気さくに早苗とも話をしている。その顔はモダンな薄化粧によって、目もとのくっきりした西洋人形を思わせる。

艶《つや》やかな黒髪をマガレイト（後ろで一本の三つ編みを丸く輪にしてリボンで結んだ髪型）に結い、父親は文部省の書記官で男爵、兄は東京帝大に在学し、華枝は花嫁修業中とのことで、二十歳《はたち》を少し超えたところらしい。

やがて他の若者客たちがゾロゾロと店に入ってきた。看板娘の早苗が目当ての客も、さすがに絢爛《けんらん》たる華枝に目を向けてから席に着いていった。

「じゃそろそろ」

ミルクを飲み終え、混んできたので百合子が促して二人は立ち上がった。そして百合子が支払いをすると、二人は母娘と、カウンターにいる治郎にも軽く会《え》釈《しやく》をして店を出ていった。

「綺麗だなあ、どこのお嬢様だ」

若者たちが噂《うわさ》し合い、早苗も苦笑しながら連中の注文を取った。

治郎も冷めかけた余りのミルクを飲み干して席を立ち、いったん二階に上がった。袴《はかま》を脱ぎ、敷きっぱなしの布団に仰向《あおむ》けになり、寿美代や早苗、百合子や華枝を思い浮かべた。

そしてクズ籠から丸めたチリ紙を取り出し、広げて嗅《か》ぐと、ほのかに自分の精汁の匂いと、寿美代の淫水の匂いも混じっているように感じられ、激しく勃起してきてしまった。

そして谷崎の『悪魔』を思い出し、そっと舌を這《は》わせてしまった。

その一節にある、

「怪《け》しからぬほど面白いことを、己は見付け出したものだ。人間の歓楽世界の裏面に、こんな秘密な、奇妙な楽園が潜んで居るんだ」

という文章を思い出した。

しかし、もしかしたら今夜も寿美代が忍んで来てくれるかも知れない。ここはやはり自分でするより、一回でも多く生身としたい気持ちになったので、手すさびは控えてチリ紙も捨てた。

それよりも、今後のことを考えなければならない。

何をしに上京したのか、それは文士を目指すためである。

彼は持って来たノートを広げた。そこにはあらすじや、書きかけの小説が綴《つづ》られている。もちろん下書きなので、完成すればちゃんと原稿用紙に清書するつもりだった。

と、寿美代がくれた万年筆が目に入り、キャップを外して握ってみた。

新助の形見ということで、舶来《はくらい》の高級品である。

ノートに書いてみると、滑らかに青いインクの字が浮かび上がった。

しかし下書きノートに書くのは勿体《もったい》ない。これはいずれ原稿用紙の清書で使おうと、彼はキャップを閉めた。

そして鉛筆に持ち替え、彼は作品の続きにかかり、昼になると勝手に台所で冷や飯と漬け物で昼食を済ませた。

ミルクホールでは飯類は出さず、和菓子が少しあるきりだが、それでも昼時は客が絶えないので、母娘も店の合間に交替で手早く済ませるようだ。

治郎は夕方まで小説を書いては、疲れると横になり、持ってきた本を読んだり今後のことなど考えた。

日暮れで閉店になると、彼は降りて多少なりとも片付けを手伝い、やがて三人で夕食にした。

風呂は毎晩焚《た》くわけではなく、一日か二日置きぐらいらしいし、よほど入りたければ近くに銭湯がある。

だから治郎は夕方、残り湯を浴《あ》びて身体を拭《ふ》いていた。

「明日はお店が休みだから、早苗と映画にでも行くといいわ」

寿美代が言ってくれた。平日に週一回定休するらしく、明日の寿美代は買い出しと、銀行や郵便局など諸々《もろもろ》の用事を片付けるようだ。

夕食を終えると治郎は二階へ引っ込み、少し本を読んで過ごし、やがて灯《あか》りを消して横になった。そして寿美代が来るかと期待し、勃起しながら待っていたが来ない。

仕方なく自分で済ませようと思ったが、万一、済んだ途端《とたん》に来ることもあるかも知れないと淡い期待を抱き続け、結局そのまま眠ってしまったのだった。

翌朝、起きた治郎は着流しで下に降り、ご不浄と洗顔を済ませると、もう茶の間に早苗も来ていた。

今日は店が休みなので、早苗は着物ではなくブラウスにスカート姿で、まだ女学生のように可憐《かれん》に映った。

寿美代は、出かける準備らしくきっちり着物を着て薄化粧も整えている。もう寿美代だけ、朝食も早めに済ませたようだった。

「じゃ行くので、早苗お願いね、夕方には戻れると思うので」

「ええ、行ってらっしゃい」

寿美代が言うと早苗が答え、治郎も出てゆく彼女を玄関まで見送ってから食卓に戻った。

「どこか行きたいところはある？」

「うん、花やしきや十二階には入ってみたいけど、出来れば早苗ちゃんと色々話したいんだ」

治郎は二人きりということに緊張しながら答えた。

「そう、いいわ。どこか行くなら、平井さんと男同士で行った方がいいわね」

早苗が言う。まだまだ、若い男女二人で連れ立って歩くのは気が引けるのかも知れない。

それでも毎日若い客を相手に談笑することもあるので、早苗は治郎などよりずっと男とも話し慣れているようである。

やがて鰺《あじ》の開きと漬け物、浅蜊《あさり》の味噌汁の朝食を終えると、二人で洗い物を済ませ、彼女が自分の部屋に招いてくれた。

茶の間の奥が寿美代の部屋で、さらに奥の四畳半が早苗の部屋だった。

布団はきちんと畳んで押し入れに入れられ、あるのは文机《ふづくえ》と一輪挿《いちりんざ》し、本棚には少女雑誌が並び、あとは小さな鏡台と着物が掛けられ、室内には生ぬるく甘ったるい匂いが立ち籠《こ》めていた。

窓の近くで八つ手の葉が揺れ、さらに五月《さつき》晴れの空が見えていた。

彼が畳に座ると、早苗も正座した。

裾から丸い膝小僧が二つ並んで覗き、彼はなるべく見ないように努めながら胸を高鳴らせてしまった。

「女の子の部屋に入るなんて初めてだ。いい部屋だね」

「ええ、でもお母さんが隣だから、試験勉強していても年中襖《ふすま》を開けて様子を見に来たのよ」

早苗は、彼を兄のように感じているのか気さくに答えた。

「昨日の百合子先生、良さそうな先生だね」

「ええ、すごく優しくて厳しいところもあったけど、生徒はみんな先生が好きだったわ。国史の先生と結婚して、私の卒業と一緒に教師を辞めたの」

「そう」

「月島《つきしま》の実家で赤ちゃんを産んで、それで浅草に新居を構えて。近くに来たのは聞いていたけど、今度遊びに行きたいわ」

早苗が言い、急に悪戯《いたずら》っぽい眼差《まなざ》しになって声を潜めた。

「ね、昨日の華枝さんみたいなお嬢様、好き？」

「う、うん、綺麗だけど、横須賀にはいない初めて見る感じの人だから、気後《きおく》れして馴染《なじ》めないと思う……」

治郎は言葉を探しながらも、ほぼ正直に答えた。

「そう、私も親しくなったら、男爵家の違う世界のお話が聞けるかも知れないけど、あんまり仲良くなれないかも。やっぱり、上流のお嬢様同士で仲良くしているのだろうし」

早苗が言う。

そして彼の答えに、少し安心したような様子だった。

「私のことは？」

いきなり、つぶらな瞳で見つめられて訊かれ、治郎は戸惑った。

「す、すごく可愛《かわい》いから、早苗ちゃんのことは大好きだよ。でも多くのお客さんたちに好かれているだろうから」

「お客さんは関係ないわ。ただミルクを運んでるだけ。でも好きって言ってくれて嬉しいな……」

早苗は、笑窪《えくぼ》の浮かぶ頰をほんのり染めた。輝く産毛《うぶげ》が新鮮な水蜜桃《すいみつとう》を連想させた。

治郎は、何と答えて良いか分からず、ただ彼女の方から生ぬるく漂う甘ったるい匂いに股間を熱くさせていた。

やはり寿美代とは違い、無垢な娘に自分から滅多《めった》なことは出来ない。

すると、早苗がまた口を開いた。

二

「卒業と同時に結婚したお友達がいて、こないだ里帰りで帰ったからいろいろ聞いたの」

「そう、どんなことを？」

「最初は、すごく痛くて血が出るから覚悟しなさいって」

「え……」

早苗の言葉に、治郎はドキリと胸を高鳴らせた。やはり二十世紀になり、大正の御代《みよ》ともなると、女の子同士でもそうした大胆な会話をしているのだろう。

「そ、それで……？」

「でも、それが続くと、宙に舞うみたいにすごく気持ち良くなるんですって。治郎さんは、もう知っているの？」

早苗が、小首を傾《かし》げて無邪気に訊いてきた。やはり家に二人きりというのを意識しているのかも知れない。まさか、君の母親に教わったばかりだよなどとは決して言えない。

「ま、まだ何も知らないよ……」

「そう、今までに接吻《せっぷん》も……？」

また早苗が大胆に訊いた。そして二人とも、いつしか内緒話をするように秘密めいたヒソヒソ声になっていた。

（もしかして、淫気を抱いて興奮しているのかも……）

治郎は思った。まして体験者の女友達に聞いて、激しく好奇心を揺さぶられたのだろう。

何しろ十八歳の健康体だから興味が湧《わ》くのは当然だし、あるいは男のように、自分でいじることがあるのかも知れないと思った。

「していないよ。早苗ちゃんは？」

「私も、まだ誰ともしていないわ。でも……」

「でも、なに？」

「いつかお見合いの話でもあって、知らない人とするぐらいなら、私は治郎さんとしてみたいわ」

早苗の言葉に、彼は痛いほど股間を突っ張らせてしまった。

そして、ここまで生娘《きむすめ》が言ってきたのだから、あとは自分が積極的にしっかり受け止めなければいけないと思った。

「ぼ、僕も早苗ちゃんとしてみたい。いいかな」

「ええ……」

彼女が頷《うなず》いたので、治郎も完全にその気になった。

戸締まりは万全だし定休日の札《ふだ》も出ている。寿美代は夕方まで帰らないし、まだ昼までにも時間がたっぷりあった。

「じゃ布団敷こうか」

治郎が言うと、早苗もすぐ頷いて立ち上がり、押し入れを開けて自分の布団を手早く敷き延べ、枕も出してくれた。

「じゃ、脱いじゃおうね」

さすがに緊張と不安が押し寄せたか、すっかり早苗は黙りがちになっていたが、素直に頷き、ブラウスのボタンを外しはじめてくれた。やはり好奇心の方が上回っているようである。

早苗は背を向けてブラウスを脱ぎ去り、靴下とスカートを脱ぐと、肌着姿になった。

ためらいなく白いシュミーズを脱ぐと、下に乳押さえ（乳バンド）は着けておらず、最後の一枚のズロースを脱ぎ去る時、白く形良い尻がこちらに突き出されて、思わず彼は生唾《なまつば》を飲んだ。

彼女が脱いでゆくと室内の空気が揺らぎ、甘ったるい匂いがさらに濃く立ち籠めた。

やがて一糸《いっし》まとわぬ姿になった早苗は、膨《ふく》らみかけた胸を隠して向き直り、急いで彼に添い寝してきたのだった。

「ああ、嬉しい……」

治郎は、目の前に息づく無垢な膨らみを見て言い、吸い寄せられるようにチュッと乳首に吸い付いていった。

本当は、早苗との話の流れでは、まず接吻の体験からということだったが、何しろ初々《ういうい》しい眺めに彼は衝動を抑えられなくなってしまったのだ。

「アアッ……」

コリコリと硬くなっている乳首を舌で転がすと、早苗がビクリと反応して熱く喘《あえ》いだ。

膨らみは、柔らかさの中にも若々しい張りが感じられ、寿美代のように豊かになっていく兆《きざ》しが見えるようだ。

治郎は仰向けになった彼女に上からのしかかり、薄桃色した左右の乳首を交互《こうご》に含んで舐め回し、顔中で膨らみの感触を味わった。

もう寿美代に手ほどきされるのではなく、無垢な生娘が相手なので、彼の方から積極的に愛撫して構わないだろう。

それにしても、一昨夜寿美代に初体験の手ほどきを受け、すぐにもその娘と肌を重ねるとは、何という幸運であろうか。

両の乳首と膨らみを充分に味わうと、彼は身を縮めて熱い呼吸を繰り返している早苗の腕を差し上げ、腋《わき》の下にも鼻を埋め込んで嗅いだ。

生ぬるく湿った和毛《にこげ》に鼻を擦り付けると、ミルクに似た甘ったるい汗の匂いが濃く沁《し》み付き、悩ましく鼻腔を刺激してきた。

（ああ、なんていい匂い……）

治郎は思い、うっとりと酔《よ》いしれた。

胸をいっぱいに満たすと、彼は滑らかな肌を舐め降り、張りのある下腹に顔を埋め込んだ。

耳を当てると、微《かす》かに消化音が聞こえ、やはりどんな美少女でも天使や妖精ではなく、生身の体なのだなと、当たり前のことすら大発見のように思えたものだった。

股間は後回しにし、彼は腰から脚を舐め降りていった。

早苗も微かに喘ぎながら朦朧《もうろう》となり、ただされるまま身を投げ出すばかりになっていた。

体毛は濃くなく、脛《すね》もスベスベで足首まで滑らかな舌触りだ。

彼は足裏も舐め回し、縮こまった指の股に鼻を割り込ませた。そこは生ぬるい汗と脂に湿り、やはり若さゆえか、蒸れた匂いが濃厚に沁み付いている。

充分に嗅《か》いでから爪先《つまさき》にしゃぶり付き、ヌルッと指の間に舌を挿《さ》し入れて味わうと、

「あう、駄目、くすぐったいわ……」

早苗が声を震わせ、クネクネと腰をよじらせた。

治郎は足首を摑《つか》んで押さえ、両足とも味と匂いを堪能《たんのう》してから、やがて股を開かせて脚の内側を舐め上げていった。

白くムッチリとした内腿をたどり、熱気と湿り気の籠もる股間に迫ると、そこに無垢な割れ目があった。

ぷっくりした丘には楚々《そそ》とした若草が、ほんのひとつまみほど恥ずかしげに煙《けむ》り、割れ目からはみ出す花びらも実に小振りで綺麗な色合いだった。

そっと指を当てて陰唇を左右に広げて見ると、桃色の柔肉は清らかな蜜に潤《うるお》っていた。

処女の膣口が花弁状に襞《ひだ》を入り組ませて息づき、夜に電灯の灯《あか》りで見た寿美代の割れ目より、はっきり観察出来た。小さな尿道口も見え、包皮の下からは小粒

のオサネが顔を覗《のぞ》かせていた。

もう堪《たま》らず、彼は顔を埋め込み、柔らかな恥毛に鼻を擦りつけて嗅いだ。

隅々には生ぬるく蒸れた、汗と尿の匂いに混じり、生娘の恥垢《ちこう》であろうか、うっすらとチーズにも似た香りも感じられた。

治郎は何度も鼻を鳴らして嗅ぎ、生娘のにおいで胸を満たしながら舌を挿し入れていった。

柔肉のヌメリは、やはり淡い酸味を含んでヌラヌラと舌の動きを滑らかにさせた。そして息づく膣口から、ゆっくりとオサネまで舐め上げていくと、

「アアッ……！」

早苗がビクッと顔を仰《の》け反《ぞ》らせて喘ぎ、内腿でキュッときつく彼の顔を挟み付けてきた。

「ここ、気持ちいい？」

「え、ええ……、でも恥ずかしい……」

股間から訊くと、早苗はヒクヒクと下腹を波打たせ、か細く答えた。

オサネを刺激するたび、清らかな蜜汁の量が格段に増し、彼は充分に味と匂いを堪能《たんのう》した。

三

「い、いっちゃいそう……！」

たちまち彼女が声を上ずらせて口走るので、自分でいじる快感とやがて訪れる絶頂を、それなりに知っているようだった。

「どうする、このままいく？」

「ううん、最後までしてみて……」

早苗が言う。どうやら初の情交をしてみたいようだ。

治郎も身を起こして股間を進め、幹に指を添えて先端を割れ目に擦り付けた。

やがて位置を定めると、治郎は息を詰めてゆっくり挿入していった。

張り詰めた亀頭がヌメリとともに潜り込み、処女膜が丸く押し広がって彼の先端をくわえ込んだ。

さらに押し込むと、

「あう……！」

早苗が眉《まゆ》をひそめて呻き、身を強《こわ》ばらせた。

「止《よ》そうか？」

「ううん、大丈夫、来て……」

気遣って訊くと早苗が健気《けなげ》に答えた。やはり最初は痛いものだと聞いているので、何もかも覚悟の上なのだろう。

治郎もヌルヌルッと根元まで押し込み、股間を密着させた。さすがにきつい感じはするが、潤いが充分なので滑らかに入れることが出来た。

「ああ、気持ちいい……」

治郎は肉襞の摩擦と締め付け、熱いほどの温もりと潤いに包まれて喘いだ。

彼は脚を伸ばし、身を重ねていった。

寿美代ほどの収縮はないので、ヌメリで押し出されて抜ける恐れはなさそうである。やがて何度も経験を積めば、受け入れる締め付けと収縮に長《た》け、母親のようになっていくのだろう。

胸で乳房を押し潰し、まだ動かずに彼は上からピッタリと唇《くちびる》を重ねた。

早苗としては、どこもかしこも舐められ、最後に接吻を経験するのも妙なものだが、これも楽しみを後回しにする、治郎流の順序なのだろう。

「ンン……」

早苗も熱く鼻を鳴らし、膣内の異物を締め付けた。治郎は、無垢な唇の感触と唾液の湿り気を味わい、舌を挿し入れて滑らかな歯並びを舐めた。

舌先が可憐な八重歯にも触れると、やがて早苗も歯を開いて舌を触れ合わせてくれた。

滑らかに蠢《うごめ》く舌を探り、彼も執拗《しつよう》にからめながら、美少女の生温かく清らかな唾液を味わった。

するともう我慢出来ず、小刻みにズンズンと腰を突き動かしはじめると、

「アア……！」

早苗が口を離し、顔を仰け反らせて喘いだ。

美少女の口から洩れる熱い息は、まるでリンゴかイチゴでも食べた直後のように、甘酸っぱい芳香が含まれ、悩ましく鼻腔が刺激された。

可憐な娘というのは、何を食べようとも、こんな可憐な匂いになってしまうのかも知れない。

治郎は喘ぐ口に鼻を押し付け、熱い吐息を嗅いでは鼻腔を満たし、とうとう気遣いも忘れ、勢いを付けて律動《りつどう》してしまった。

するとたちまち、匂いと摩擦の中、彼は激しく昇り詰めていった。

「く……！」

突き上がる絶頂の快感に呻くと同時に、熱い精汁が勢いよくほとばしった。

しかし、破瓜《はか》の痛みに包まれている早苗は噴出も気づかないように、ただ嵐が過ぎるのを待つように身を強ばらせていた。

内部に満ちる精汁で、さらに律動がヌラヌラと滑らかになった。

治郎は快感を嚙み締め、心置きなく最後の一滴まで出し尽くしてしまった。

もし孕《はら》めば、何とか仕事を見つけ、早苗を嫁にもらうつもりである。だが、命中するかどうかは神様が決めることだ。

とにかく快感の最中は夢中になって味わい、やがて満足して徐々に動きを弱めていったのだった。

「ああ……」

完全に動きを停めると、早苗も小さく声を洩らし、痛みも麻痺《まひ》したように強ばりを解いてグッタリと身を投げ出していた。

「大丈夫？」

囁《ささや》くと、早苗も目を閉じて小さくこっくりした。

まだ息づく膣内に刺激され、内部で幹をヒクヒク跳ね上げると、

「あう……」

早苗が呻き、さらにキュッときつく締め付けてきた。

治郎はのしかかったまま、彼女の甘酸っぱい果実臭の吐息を嗅いで、胸をいっぱいに満たしながら、うっとりと余韻《よいん》に浸《ひた》り込んでいった。

そして身を起こし、チリ紙があったので手を伸ばしながら、そろそろと股間を引き離していった。

手早く一物を拭ってから、生娘でなくなったばかりの割れ目に屈《かが》み込むと、花びらが痛々しくはみ出し、膣口から逆流する精汁に、うっすらと鮮血が混じっていた。

その鮮烈な色合いに、本当にしてしまったのだという実感が湧いた。

そっとチリ紙を押し当ててヌメリを拭い取ると、

「お、起こして、お風呂に……」

早苗が手を伸ばして言うので、彼も支えながら一緒に立ち上がった。

そしてフラつく彼女と一緒に部屋を出ると風呂場へ行き、手桶で残り湯を汲《く》んで互いの股間を流した。

彼女も木の椅子に座り込み、自分で割れ目を擦って洗った。

「本当、少し血が出たけど、もう止まっているわ……」

彼女は割れ目に触れた指先を見て言った。

後悔はないようで、むしろ好奇心を満たした満足感が見受けられ、治郎も安心したものだった。

すると余裕が出て、新たな欲望が湧くと、彼自身はまたムクムクと回復してしまった。

治郎はもう一度互いの身体に残り湯を浴びせ、彼女を立たせた。

そして手拭いで拭くと、また全裸のまま早苗の部屋の布団に戻っていった。

四

「こうして……」

添い寝した治郎は、早苗に腕枕してもらい、手を握って一物を握らせた。

彼女もやんわりと手のひらに包み込み、感触を探るようにニギニギと動かしてくれた。

「ああ、気持ちいい……」

治郎は喘ぎ、生温かな手のひらと指による無邪気な愛撫に幹を震わせた。

「ピクピク動いてるわ……」

早苗も手探りでいじりながら、甘酸っぱい息を弾ませて呟いた。まるで手のひらの中で、愛玩用の子鼠《こねずみ》でも可愛がっているかのようだ。

彼は愛撫してもらいながら唇を重ね、滑らかに蠢く舌を味わった。

「ね、唾を垂らして、いっぱい」

囁くと、早苗も素直に唾液を分泌《ぶんぴつ》させ、口移しにトロトロと注ぎ込んできた。

治郎は小泡の多い生温かな唾液を味わい、うっとりと喉を潤した。

さらに美少女の口に鼻を押し込み、濃厚な果実臭の息を胸いっぱいに嗅いで酔いしれた。

幹を震わせると、思い出したように早苗もニギニギと指を動かしてくれた。

「ああ、いきそう……」

「いくって、子種の汁が出ることね？」

喘ぐと、早苗が口を離して囁いた。やはり体験者の女友達から、それなりの知識は得ているのだろう。

「うん、指でいかせて」

治郎は、ヒクヒクと幹を震わせて言った。

さすがに、初物を頂いた直後に二度目の挿入をするのは酷《こく》であろう。だからこのまま、甘酸っぱく可愛らしい吐息を嗅ぎながら、無邪気な指の動きで果てたかったのである。

しかし彼女は手を離し、身を起こしてきた。

「お友達に聞いたの。お口でして、飲んであげるとすごく喜ぶって」

「え……、し、してくれるの……」

言われて治郎は驚き、期待と興奮に思わず漏らしそうになってしまった。

女同士の会話も、相当に露骨《ろこつ》なものになっているようだ。

早苗は好奇心をいっぱいにして移動し、大股開きにさせた彼の股間に腹這い、顔を寄せてきた。

美少女の熱い視線と息を感じ、彼はゾクゾクと胸を震わせた。

「これが入ったのね、おかしな形……」

早苗は目を凝《こ》らし、正直な感想を洩《も》らすと、あらためて幹を撫で、張り詰めた亀頭にも触れてきた。

そしてふぐりにも触れ、睾丸を転がし、手のひらで袋を包み込んだ。

「これは、お手玉みたい……」

早苗はニギニギと指を動かしながら言い、袋をつまみ上げて肛門の方まで覗き込んできた。

やがて早苗はぎこちなくふぐりを舐め回し、熱い息を股間に籠もらせながら肉棒の裏側を舐め上げてきた。

滑らかな舌がゆっくり先端まで来ると、彼女は粘液が滲んでいるのも厭《いと》わず無邪気に濡れた鈴口を舐め回し、張り詰めた亀頭をくわえてくれた。

「アア……、深く入れて……」

快感に喘ぎながら言うと、彼女も口を丸く開き深々と呑み込んできた。

生温かく濡れた清らかな口腔に、スッポリと含まれて彼は絶頂を迫らせた。

「ンン……」

早苗は、先端で喉の奥を突かれて小さく呻きながら引き離し、再び恐る恐る口に含むと、幹を締め付けて吸い、口の中でクチュクチュと舌をからめてくれた。

(本当に、出して良いのだろうか……)

治郎は思ったが、してはいけないことほど禁断の欲望が湧いてくるものだ。

彼は快感に任せ、小刻みにズンズンと股間を突き上げると、早苗も合わせて顔を上下させ、スポスポと強烈な摩擦を繰り返してくれた。

恐る恐る股間を見ると、美少女が上気した頰に笑窪を浮かばせ、夢中で上下運動をしてくれていた。

たちまち彼は昇り詰めてしまった。

「い、いく……、アアッ……！」

溶けてしまいそうな快感に喘ぎながら、彼はありったけの熱い精汁をドクンドクンと勢いよくほとばしらせた。

寿美代に口でされたときは、彼女の意思で吸い出された感じだが、今は自分の意思で早苗の口を汚してしまったのである。

「ク……」

喉の奥を直撃されながら小さく呻き、それでも早苗は吸引と摩擦、舌の蠢きを続けてくれた。

脈打つように熱い精汁は何度も噴出し、治郎は快感に身悶えた。

そして最後の一滴まで搾り尽くすと、すっかり満足しながらグッタリと身を投げ出していった。

彼が力を抜くと、もう出ないと知った早苗も動きを停め、亀頭を含んだまま口に溜まった精汁をコクンと一息に飲み干してくれた。

「あう……」

嚥下とともにキュッと口腔が締まり、彼は駄目押しの快感に呻き、彼女の口の中でピクンと幹を跳ね上げた。

早苗もチュパッと軽やかな音を立てて口を離すと、さらにニギニギと幹をしごき、鈴口から滲む余りの雫にもチロチロと舌を這わせて舐め取ってくれた。

「も、もういい、有難う……」

治郎は言って彼女の手を引き、再び添い寝させて甘えるように腕枕してもらった。早苗も彼の顔を、優しく胸に抱いてくれた。

「不味《まず》くなかった……？」

「ええ、味なんてないわ。ただ生臭いだけ。これが生きた子種なのね……」

訊くと、早苗はそれほど嫌ではないように答えた。

「どうか、お母さんには内緒にして……」

「ええ、もちろん分かってるわ」

念を押すと、早苗も頷いた。恐らく寿美代が帰宅しても、早苗は何事もなく普段通りに振る舞うだろう。少女とはいえ、治郎が思っていたより彼女はずっと大人なのかも知れない。

治郎は美少女の温もりに包まれ、湿り気ある可愛らしい吐息を嗅ぎながら、うっとりと快感の余韻に浸り込んだ。彼女の息に精汁の生臭さは残らず、さっきと同じ甘酸っぱい果実臭がしていた。

五

（あれ？　あの人は……）

昼過ぎ、十二階の近くで、治郎は令嬢の華枝を見かけた。風体《ふうてい》の悪い男がそばに立っている。

待っていても、あれからなかなか太郎は来てくれないので、治郎は一人で歩いて来たのだった。

早苗は、さすがに初体験の余韻の中で、どこにも出る気にならないらしく、部屋でじっとしているようだった。

しかし十二階も、明治末年頃から客の入りが悪くなり、周囲には私娼窟《ししょうくつ》なども出来て、夜などは恐くて歩けないような雰囲気《ふんいき》になっている。衰退の原因の一つに、十二階に備え付けられた電動式の、人を乗せた箱が上下するエレベートルが長く故障で、階段を上がらなければならないことがあった。

一人で入ろうと思っていた治郎は、華枝の方へと向かった。

どうやら彼女は、昼間から酔っている破落戸《ごろつき》にからまれているようだ。華枝はピアノの帰りにタクシーを探しながら、この界隈《かいわい》へ紛《まぎ》れ込んでしまったのかも知れない。

「おい、ちょっと付き合えと言っただけじゃねえか。人を強盗扱いしやがって」

ザンギリに着流しの男が凄《すご》んで言い、華枝は恐ろしさに声も出せず立ちすくんでいる。

華枝は声を掛けられ、咄嗟《とっさ》に悲鳴でも上げたのだろう。

周囲に通る人はおらず、男は懐中から、本物の強盗のように匕首《あいくち》までちらつかせたのだ。

すると華枝は、あまりのことに気を失い、その場にクタクタと座り込んでしまったのだ。

治郎も恐ろしかったが、放っておくわけにもいかず駆け寄った。

「こ、この人は知り合いなので、どうか行って下さい」

「なにい、じゃてめえが金を出せ」

治郎が倒れた華枝を支えながら言うと、居直り強盗のように男は彼にも凄《すご》んで匕首を突き付けてきたのである。

と、そこへ十二階から出てきた子連れの客がこちらを見て近づいた。

四十代半《なか》ば過ぎの、小柄だががっしりした男と、十歳ばかりの少年である。

「どうした。物騒《ぶっそう》なものを出して」

「てめえも仲間か！」

酔いに朦朧としているのか、破落戸は子連れの男にも切っ先を向けた。

すると男は、いきなりその手首を摑んで身を捻《ひね》ると、破落戸が大きな弧を描いて宙に舞った。

「うわあ……！」

破落戸は悲鳴を上げ、瓢箪池の向こう岸近くにまで投げられて激しい水音を立てた。

治郎は、あまりに素早い大技に目を見開いた。

「大丈夫か、その娘さんは」

髪が短く、口髭《くちひげ》を蓄《たくわ》えた精悍《せいかん》な羽織姿の男が向き直り、治郎に言った。

「え、ええ、気を失っているだけなので、僕が家まで送ります。危ないところを有難うございました」

「そうか。常雄《つねお》、俥《くるま》を拾ってくるんだ」

「はい、先生」

言われた少年が答え、通りへと走っていった。

どうやら、親子ではないらしい。

「も、もしかして、貴方《あなた》は柔道家の西郷四郎《さいごうしろう》先生……」

治郎は、気がついて言った。

実家の書店で多くの本を読んでいて、それには講道館《こうどうかん》に関する書物や新聞もあり、顔を知っていたのである。

柔道の創始者である嘉納治五郎《かのうじごろう》の下で創設期に活躍した講道館四天王の一人、山嵐《やまあらし》という大技で名を馳《は》せた西郷四郎は、このとき四十七歳。

「ああ、久々の東京なのだが、このことは誰にも言わないでくれ。私がやったと知れると、また周りがうるさいものでね」

「わ、分かりました。先生のことは誰にも言いません……」

治郎が答えると、常雄少年が人力車を呼んで戻ってきた。

治郎も、まだ正体を失っている華枝を支え起こして俥に乗せ、自分も隣に乗り込んだ。

「じゃ気をつけてな」

四郎は言い、治郎が車上から辞儀《じぎ》をすると四郎と常雄は歩き去っていった。

「どちらへ」

「本郷の、高宮男爵のお屋敷は知ってますか」

「ああ、分かりやす」

車夫は答え、並んで乗った二人の席を幌《ほろ》で覆《おお》い、梶棒《かじぼう》を上げて軽やかに走り出した。

「ああ……、私はどうしていたのです……」

俥の揺れに気づいた華枝が目を開けて、隣の治郎を見ながら言った。

「破落戸に匕首を突き付けられて気を失ったのです」

「そ、そうでした、その男は」

「あそこです」

治郎が池を指《さ》すと、やっとの思いで這《は》い上がった破落戸を通行人が助け、そこへ警官も駆け寄ってきたところだった。

「まあ、貴方が助けて下さったのですか。どこかでお目に……」

「ミルクホールの居候《いそうろう》、和田治郎です」

「あ、あの時の……」

思い出した華枝が目を輝かせ、甘ったるく上品な匂いを揺らめかせた。

マガレイトに結った髪やドレスの体から発するのは、香水の香りか、それに汗の匂いも混じっているようだ。

そして彼女は喘ぐように息を弾ませているので、その吐息はほのかに花粉のように甘い刺激を含み、悩ましく彼の鼻腔を刺激してきた。

触れ合う腕からも彼女の温もりが伝わり、思わず治郎は股間が熱くなってきてしまった。

何しろ、今まで知り合うことのない上流の令嬢なのである。

「居候とは、学生さんや書生さんでもなさそうだし、いま流行《はや》りの高等遊民でしょうか」

「はあ、中学出なので、中等遊民というところです。文士を目指してます」

「そう、努力なさっているのですね。でも、刃物を持った男を池に投げ込むなんて、なんて剛毅《ごうき》な……」

華枝が言い、色白の頰を上気させてじっと彼の横顔を見つめた。

四郎との約束で、まさか有名な柔道家が助けてくれたと言うわけにもいかず、治郎は手柄を横取りしたようで申し訳なく思った。

やがて俥は、浅草から上野《うえの》へ抜けた。不忍池《しのばずのいけ》を南に回ればすぐ本郷である。

車夫も迷わず、高宮邸の門前に俥を停めてくれた。

「では、お気を付けて」

「どうか、お寄りになって下さい」

俥を降りて華枝は言ったが、やはり男爵の屋敷は敷居が高いので治郎は尻込みするように遠慮した。

「いいえ、このまま浅草へ帰りますので」

「では、あらためてお礼に伺います」

「どうか、お気になさらずに」

彼が言うと、華枝は名残惜《なごり》しげに佇んでいた。そこへ様子に気づいた女中らしき人が門を開けに駆け寄ってきた。

やがて諦《あきら》めた華枝は、バッグから過分《かぶん》な金を出して車夫に渡した。

「では」

治郎が頭を下げると、車夫も梶棒を上げて方向転換した。華枝はいつまでも見送っていた。やがてその姿が見えなくなると、彼は華枝が座っていた席に手を当てて温もりを味わい、幌の内部の残り香を嗅いだ。

やがて浅草の五重塔通りに戻り、彼は俥を降りた。

「旦那、俥代を頂きすぎですぜ」

「いや、お嬢様の気まぐれだから、もらっておくといいです」

恐縮している車夫に言い、治郎はミルクホールへと戻った。

すると、休業中の店の前に、何と学生服姿の太郎が立っているではないか。

「平井君」

「ああ、君ですか、和田君。うっかり休みと知らずに来てしまいました」

太郎は言い、まだ日も高いので、治郎はさっき入りそびれた十二階へ誘うことにした。

「いま誰もいないので、僕は十二階へでも行ってみようかと思うのです」

「凌雲閣ですか。久々だ、天気も良いし上ってみましょうか」

太郎も快く答え、二人で瓢箪池方面へと歩き出した。

早苗に言えばミルクぐらい出してくれるだろうが、今は部屋で感慨《かんがい》に耽っていることだろう。

瓢箪池まで来ると、もう破落戸の騒動は治まっていた。

治郎はあらためて十二階を見上げた。

明治二十三年（一八九〇）に開場、高さ一七三尺（約五十二メートル）、下に大きな仁丹《じんたん》の看板があり、入場料は大人八銭。

十階までは煉瓦《れんが》造りで、十一、十二階の展望台は木造だ。

治郎が誘ったのだからと二人分払おうとしたが、太郎は固辞《こじ》して自分の入場料を払った。

中に入ると、閉鎖されているエレベートルのドアがあり、二人は螺旋《らせん》状の階段を上がっていった。

各階には諸外国の土産物屋、珍しい置物などの展示があり、階段沿いの壁には東京百美人と称した、人気芸者の写真が飾られていた。

各階を見ながら十二階の展望台まで上がると、さすがに広々とした景色が見渡せた。

富士から、遠く関八州の山々まで広がり、眼下に五重塔を見下ろし、色とりどりの幟《のぼり》が立ち、豆粒のような人たちが行き交っている。

「いやあ、いい眺めだ」

「あれが浅草国技館、あっちが花やしき。あそこに池の観音堂が。以前はパノラマ館があって面白かったけど、もう残念ながら閉鎖になりました」

治郎が見渡して言うと、太郎があちこちを指して説明してくれた。

そして二人で交互に望遠鏡で眺め、間近に見える人々の顔や家の窓の中まで覗いてしまった。

「見えているのに、向こうから見られていないというのは妖しい心地よさがありますね」

太郎が言う。

「あるいは、何か犯罪を覗き見てしまうとか、探偵小説になりそうです」

「なるほど、いいですね」

治郎も答え、やがて景色だけでなく二人であれこれ空想したことなど話し合い、実に楽しい一時を過ごしたのだった。

やがて降りて十二階を出ると、太郎とはそこで別れ、治郎は家に戻った。

もうだいぶ日も傾いている。

(何だか、今日は色んなことがあったなあ……)

彼が中に入ると、すぐ早苗が出てきた。

「すっかりお昼寝しちゃったわ」

「そう、そろそろ寿美代小母《おば》さんも帰ってくるかな」

明るい笑顔で言うので、この分なら寿美代が戻っても大丈夫だろうと彼は安心したものだった。

第三章　眼鏡女教師の淫《みだ》ら願望

一

「いや、西郷先生はいらっしゃいません。実は僕も会ったことがないんです」

治郎が、小石川《こいしかわ》の下富坂《しもとみさか》にある講道館道場を訪ねると、出てきた三十歳前後の端整《たんせい》な顔だちの男が、柔道着姿で出てきて答えた。

今日、治郎は菓子折を持って西郷四郎に礼を言いに小石川までやって来たのだ。

もちろん四郎に助けられたことは黙っていて、単に慰問という名目《めいもく》で訪ねたのだった。

「そうですか。てっきりこちらかと。僕は和田治郎と言います」

「西郷先生は、長崎《ながさき》の方で宮崎《みやざき》さんと大陸運動に奔走《ほんそう》していると聞きます」

端整な顔だちをした彼が言う。

宮崎とは、大陸浪人の宮崎滔天《とうてん》のことだろう。

あとで知ったところによると、四郎は長崎の東洋日の出新聞の編集を務める傍《かたわ》ら、地元で武道を教えていたようだ。

今回は、たまたま東京に来ていただけらしい。

「では、あなたは西郷先生に会ったのですか。私より小柄と聞きましたが、本当ですか。あ、僕は三船《みふね》と言います」

「ええ、あなたより背は低いです。西郷先生は、五尺一寸（約一五三センチ）ばかり、目方も十四貫（五十三キログラム）ほどではないかと」

「ああ、そうですか。そんなに小柄でも、鬼のように強かったのだなあ……」

彼も小柄なことを気にしているのか、嘆息《たんそく》して言った。のち、空気投げで有名になり、柔道十段になる三船久蔵《きゆうぞう》である。

とにかく治郎は、諦めて帰ることにした。中からはドスンバタンと受け身を取る音がし、勇ましい掛け声も聞こえてくるので、中学時代の柔道の授業を思い出し、緊張してきてしまったのだ。

と、そこへ白帯の常雄少年が出てきた。

「あ、こないだのお兄さん」

「何だ、富田《とみた》君、知り合いだったのか。じゃ、あとは頼む」

久蔵は言い、あとを常雄に任せて稽古に戻っていった。

「もしや君は、四天王の富田常次郎《つねじろう》さんの息子さんか」

治郎は、初めて少年の姓を知って目を丸くした。富田常次郎は四郎と並ぶ四天王の一人、しかも嘉納治五郎の一番弟子である。

「うん、そうです。それよりもお兄さん、西郷先生が東京に来たことは内緒ですよ。僕も誰にも言っていないんだから」

常雄が言う。四郎は、講道館を出奔《しゅっぽん》して運動に専念し、今はあまり縁を持っていないのだという。

先日は上京し、たまたま常雄を呼び出して浅草見物をしていたのだろう。

「誰にも言ってないよ。だから内緒でお礼に来たつもりなんだ。これ、みんなで食べてくれ」

治郎が菓子折を差し出すと、常雄が嬉しそうに受け取った。

この常雄少年は、のち五段の腕前になるが、一方で作家として西郷四郎をモデルにした『姿三四郎《すがたさんしろう》』を発表することになるのである。

そのまま治郎は講道館を辞し、浅草へと戻った。

ミルクホールを覗《のぞ》くと、すぐに早苗が出てきた。

「治郎さんにお客さんよ、百合子先生」

「え、僕に？」

言われて、治郎は部屋に戻らず店に入った。窓際の席に眼鏡をかけた百合子が座っている。他の席は、相変わらず学生たちで満席だった。

「お待ちしてました」

百合子が立ち上がって挨拶をし、すぐに腰を下ろした。治郎も向かいに腰を下ろした。

「ええ、何かお話とか」

「実は、華枝さんに頼まれまして、自分では言いにくいので私からお願いしてくれと」

「はあ……」

百合子も来たばかりらしく、早苗がホットミルクを二つ運んでテーブルに置いてくれた。そして早苗がカウンターの中へ戻っていくと、百合子が砂糖を入れながら口を開いた。

「昨日、浅草で怖い目にあったところを治郎さんに救われたとのことで、週二回のピアノの日だけ、六区から私の家まで送り迎えをしてほしいと言うのです」

確かに、今は働いていないし、ミルクホールの手伝いなどもろくにしていないから、暇だと思われたのだろう。

「そうですか……」

用向きは分かったが、正面に座る百合子の眼差《まなざ》しが眩《まぶ》しくて、彼は視線を落として砂糖を入れ、熱いミルクをすすった。

「刃物を持った破落戸《ごろつき》を池に投げ込んだのですね」

百合子はレンズ越しに熱っぽい目を向けて言った。

「い、いいえ、相手は昼間から泥酔《でいすい》していたので、ほんのまぐれです」

治郎は、四郎のことを言えないのを良いことに、すっかり手柄を奪ってしまった後ろめたさを感じながら答えた。

「では、週に二回お願い出来ますでしょうか。それとも他に何かお仕事の御用でも？」

「いいえ、上京したばかりで、今は特に何もありません」

「では、六区から私の家まで華枝さんをお送りして、お稽古《けいこ》の間は一時間ばかり主人の書斎で本でも読んで待っていて下さると有難いです」

百合子が言う。

彼女の家までは路地が入り組んでいるため、華枝は六区でタクシーを降りるのが一番好都合なのだそうだ。

「まず明日なのですが、いかがでしょう」

何曜日と決まっているわけではなく、行くたびに都合で次の日を決めているらしい。

「分かりました。では明日からでも」

「有難うございます。では今日これから、まずお越し下さい。道順をお教えしたいので」

百合子が言うので、彼も頷き、ミルクを飲み干して立ち上がった。

「ちょっと治郎さんをお借りしますね」

百合子は二人分の支払いをしながら早苗に言い、二人で店を出た。

浅草寺の境内《けいだい》を横切り、裏路地を曲がりくねると吉野町《よしのちょう》という一角に入り、そこに彼女の家があった。確かにタクシーは入れない狭い道だが、それほど分かりにくくはない。

家は柾《まさ》の垣根に囲まれた瀟洒《しょうしゃ》な仕舞《しも》た屋《や》で、百合子はすぐに鍵を開けて彼を中に招き入れてくれた。

玄関から入り、すぐ横に洋間があり、そこにピアノが置かれ、テーブルと椅子があった。

「ここでお稽古するので、治郎さんはこちらへ」

百合子が奥へ案内してくれ、途中座敷に寝ている赤ん坊の様子を見てから、さらに夫の書斎に行った。赤ん坊が寝付いたので、彼女は急いでミルクホールに来たらしい。

なるほど、国史の教師らしく本棚には治郎の興味をそそる本が多く並んでいた。

「主人のものなので、お貸しするわけにはいきませんが、ここで読む分にはご勝手に」

「分かりました」

治郎が背表紙を眺めながら答えると、また百合子は赤ん坊の寝ている座敷に彼を招いた。そこには赤ん坊と寝るためか布団も敷かれ、何やら甘ったるい匂いが立ち籠めていた。

「どうも、華枝さんは、治郎さんに好意を持ってしまったようです」

百合子は、布団に座って赤ん坊を見下ろしながら言った。

彼も畳に腰を下ろしたが、何と答えて良いのか分からなかった。

「でも華枝さんは、お父様の言いつけで結婚するのです。まだ会ったこともない相手らしいけど、華枝さんのお兄様の先輩で、帝大を出て逓信省《ていしん》で働いています」

百合子は、かなり華枝から細かに相談を受けているようだ。

「ですから、あまり親密にならない方が良いのです。送り迎えをお頼みしておいて言うのも何ですけれど」

「そうですか。まあ、どちらにしろ身分が違いますので」

「でも華枝さんは、新時代に生きようとしているので、時に奔放《ほんぽう》になってしまうかも知れません。治郎さんもお若いので我慢がきくかどうか……」

百合子は、過分《かぶん》な束脩《そくしゆう》を得ており、華枝からの頼みを断り切れず、また問題も起きて欲しくないと思っているようだ。

「治郎さんは、決まった人とかは」

「いえ、まったくおりません」

「では、早苗さんと許婚《いいなずけ》というわけではないのですね」

「ええ、そんな話は一向《いっこう》に出ていませんので」

「では、華枝さんを我慢してもらえるなら、私がお相手して差し上げても構いません」

「え……」

百合子の言葉に、治郎は驚いて絶句《ぜっく》した。

二

「私では気が向きませんか」

「い、いえ、そんなことないです。最初に会ったときから、綺麗な人だと思っておりましたので……」

治郎は緊張と興奮に包まれながら答えた。美しい母娘《おやこ》に続き、こんな知的で上品な元女教師と懇《ねんご》ろになれるのである。

「では、私の言うことを何でも聞いて下さいね」

百合子が言い、治郎は激しく勃起した。

「何でも……」

「ええ、何でも言う通りになさい」

「わ、分かりました」

百合子は色白の頬を紅潮《こうちょう》させながら、ブラウスのボタンを外しはじめた。

赤ん坊が寝ている隣というのも背徳《はいとく》の興奮が湧《わ》くが、しばらくは目を覚ましそうにない。

彼女が見る見る白い肌を露《あら》わにしていくと、さらに甘ったるい匂いが濃く揺らめく。

布団に腰を下ろし呆然と座って見ていると、彼女はブラウスとスカートを脱ぎ去り、背中のホックを外して乳押さえを下ろす。その内側に手拭いが当てられていた。

それも外すと、濃く色づいた乳首から、何とポッンと白濁の雫《しずく》が浮かんでいるではないか。

（うわ、なんて色っぽい……）

治郎は滲《にじ》んだ乳汁の雫に激しく興奮した。着衣の時はほっそり見えたが、膨《ふく》らみも実に豊かで、百合子は着痩《きや》せするたちなのだろう。一方、寿美代の包み込まれるような柔らかさとは違い、一目見るだけで百合子の乳房は硬いと言えるほどの張りが感じられた。

百合子も気が急《せ》くように、ためらいなく最後の一枚まで脱ぎ去った。

「あ、どうか眼鏡はそのままで……」

「そう、その方が私は有難いわ。よく見たいので」

言うと百合子も答え、外そうとした眼鏡を掛け直して布団に横たわった。

やはり治郎は、最初に会ったときの知的な印象のまま、眼鏡美女を味わいたかったのだ。

「隣へ。舐めるのよ」

手早く着衣を脱ぎ、彼は添い寝しながら、真っ先に雫の浮かぶ乳首にチュッと吸い付く。顔中を押し付けて膨らみを味わい、舌で転がして雫を舐めた。

「アア……！」

触れた途端に、百合子は熱く喘ぎ、クネクネと身悶《みもだ》えはじめた。やはり相当に欲求が溜まっているようで、無垢《むく》かも知れない年下の男の愛撫を激しく受け止めた。

ツンと突き立った乳首を吸ったが、なかなか母乳が出てこない。何度か試し、唇で乳首の芯《しん》を強く挟むと、ようやく生ぬるい乳汁が分泌《ぶんぴつ》されてきた。

それを飲み込むたびに、甘美な悦《よろこ》びが甘ったるい匂いとともに胸に広がっていった。

最初に室内に感じた匂いは、赤ん坊や百合子の体臭などではなく、この乳汁の匂いだったようだ。

「ああ、飲んでいるの。嫌じゃないのね……」

百合子は言い、自ら豊かな乳房を揉《も》みしだき、さらに分泌を促してくれた。

吸い出す要領《ようりょう》を得ると、彼はうっとりと喉《のど》を潤《うるお》し続けた。

しかし、あまり飲んで赤ん坊の分がなくなってもいけない。心なしか張りが和《やわ》らぐと、彼はもう片方の乳首に吸い付いていった。

そちらもたっぷりと母乳が出て、彼は酔いしれながら充分に堪能《たんのう》した。

そして百合子の腕を差し上げ、腋《わき》の下にも鼻を埋め込んで嗅いだ。柔らかな腋毛は生ぬるく湿り、甘ったるい汗の匂いが濃厚に沁み付いて悩ましく鼻腔を刺激した。

匂いで胸を満たしてから、彼は白く滑らかな肌を舐《な》め降り、出産の名残《なごり》だろうかやや色づいた臍《へそ》を探る。さらに、豊満な腰からスラリとした脚を舐め降りていった。

「ああ……、いい気持ち……」

百合子は身を投げ出し、腰をくねらせて熱く喘ぎ続けた。

四十歳近い未亡人の寿美代に、生娘だった十八の早苗、そして二十代半《なか》ばの元教師である子持ち人妻と、やはり皆それぞれに反応が違っていた。

寿美代は大人《おとな》として手ほどきしながら彼の拙《つたな》い愛撫を見守ってくれ、早苗は無垢で可憐《かれん》な反応を見せ、そして百合子は有り余る欲求を全身から醸《かも》し出していた。

百合子の脛《すね》にはまばらな体毛があり、これもナマの女体、主婦としてごく自然な野趣溢《やしゅあふ》れる魅力と映った。

足裏を舐め、指の間に鼻を押し付けて嗅ぐと、やはりそこは生ぬるい汗と脂に湿り、蒸れた匂いが濃厚に沁み付いていた。

そして爪先《つまさき》にしゃぶり付き、指の股に舌を割り込ませると、

「あう、駄目、いけない子ね……！」

百合子が驚いて呻き、まるで生徒でも叱《しか》るように言った。しかし突き放したり拒《こば》んだりはせず、すっかり力が抜けて身を投げ出してきた。

治郎は両足とも味と匂いが薄れるほど貪《むさぼ》り、やがて大股開きにさせた。

脚の内側を舐め上げ、白い内腿をたどって股間に迫ると、熱気と湿り気が顔中を包み込んできた。

見るとふんわりとした茂みが丘に密集し、割れ目からはみ出す花びらはヌラヌラと大量の淫水に潤っていた。

オサネは母娘よりも大きく、小指の先ほどもあり、光沢を放ってツンと突き立っていた。

指でそっと陰唇を広げると、子を生んだばかりの膣口には、母乳にも似た白っぽい粘液がまとわりついていた。

もう堪《たま》らずに顔を埋め込み、柔らかな茂みに鼻を擦りつけて嗅ぐと、甘ったるい汗の匂いが濃厚に沁み付き、ほのかにゆばりの香りも蒸れて混じり、彼の鼻腔を悩ましく掻き回してきた。

「いい匂い」

「あう、嘘《うそ》……！」

嗅ぎながら言うと、百合子が声を上ずらせ、反射的にキュッときつく内腿で顔を挟み付けてきた。

治郎はもがく腰に手を回して押さえながら、舌を挿《さ》し入れて生ぬるい淡い酸味のヌメリを探り、ゆっくりオサネまで舐め上げていった。

「アアッ……、いい気持ち……」

百合子が顔を仰《の》け反《ぞ》らせ、内腿に力を込めながら喘いだ。

白い下腹がヒクヒクと波打ち、オサネを刺激するたび新たな淫水が泉のように湧き出してきた。

味と匂いを堪能すると、彼は百合子の両脚を浮かせ、白く豊満な尻に迫っていった。

これも着衣からは想像も付かず、脱がせて見ないと分からないものだった。

鼻を埋めると弾力ある双丘が顔中に密着し、蒸れた秘めやかな匂いが鼻腔を刺激してきた。

谷間の奥には薄桃色の蕾《つぼみ》がひっそり閉じられ、鼻を埋め込むと顔中に弾力ある双丘が密着し、蕾に籠もる秘めやかな匂いが悩ましく鼻腔を刺激してきた。

生々しい匂いも嫌ではなく、むしろ美女でもご不浄へ行くことが分かり、何やら大きな秘密でも握ったような興奮が湧いた。

治郎は匂いを貪ってから舌を這《は》わせ、細かに息づく襞を濡らすとヌルッと潜《もぐ》り込ませ、滑らかな粘膜まで味わった。

「く……、駄目、そんなこと……」

彼女が驚いて呻き、キュッと肛門で舌先を締め付けてきた。

治郎は内部で舌を蠢《うごめ》かせ、うっすらと甘苦い粘膜を掻き回してから、ようやく脚を下ろし再び割れ目に戻ってヌメリをすすった。

「も、もう堪忍《かんにん》、変になりそう……」

オサネに吸い付くと百合子が嫌々をし、とうとう身を起こして彼の顔を股間から追い出しにかかった。やはり早く一つになりたくて、舌だけで果てるのが惜しかったのだろう。

治郎も素直に股間から這い出し、仰向《あおむ》けになって身を投げ出した。

すると百合子が上になり、彼の股間に屈《かが》み込んできたのだ。

「いけない子ね、お返しよ……」

百合子はレンズが曇るほど喘ぎながら屈み込み、幹を握って先端に舌を這わせはじめた。

粘液の滲む鈴口が舐め回され、張り詰めた亀頭がしゃぶられた。

「ああ、気持ちいい……」

受け身に転じた治郎が喘ぐと、百合子はスッポリと喉の奥まで呑み込み、幹を締め付けて吸い、熱い息を股間に籠もらせた。

口の中ではクチュクチュと舌がからみつき、たちまち勃起した彼自身は生温かな唾液にどっぷりと浸《ひた》って震えた。

さらに彼女が顔を上下させ、スポスポと摩擦しはじめたので、

「い、いきそう……、入れたい……」

絶頂を迫らせた治郎が息を弾《はず》ませて言うと、百合子もすぐにスポンと口を引き離し、顔を上げたのだった。

三

「どうか、跨《また》いで上から入れて下さい……」

治郎が喘ぎながら言うと、

「本当にいけない子ね。爪先やお尻を舐められたのなんて初めて……」

百合子も上気した顔で答え、前進して跨がってきた。

幹に指を添え、先端に濡れた割れ目を押し当てると、息を詰めて位置を定めた。そしてゆっくり腰を沈み込ませていくと、たちまち彼自身がヌルヌルッと滑

らかに根元まで呑み込まれた。

「アァッ……！」

百合子が顔を仰け反らせて喘ぎ、ピッタリと股間を密着させた。

治郎も摩擦に温もりと潤いを感じながら幹をヒクつかせると、彼女は若い一物を味わうようにキュッキュッと締め付けてきた。

彼が両手を伸ばして抱き寄せると、百合子も身を重ねてきた。また乳首から雫が滲んでいるので、彼は顔を上げて左右の乳首を吸い、甘ったるい乳汁で舌を濡らした。

「顔に垂らして下さい……」

治郎がせがむと、彼女も喘ぎながら胸を突き出し、両の乳首を指で摘んだ。するとポタポタと白濁の雫が滴《したた》り、彼が舌に受けると、さらに無数の乳腺から霧状の母乳が顔中に降りかかった。

「ああ……」

彼は甘ったるい匂いに包まれ、顔中まみれながら喘いだ。

「ヌルヌルになってしまったわ……」

百合子が乳首から両手を離して言い、のしかかるように顔を寄せてきた。

そして舌を這わせ、彼の顔中の乳汁を舐め取ってくれたのである。

滑らかな舌に鼻の穴まで舐められ、治郎はうっとりと酔いしれながら、堪らずにズンズンと股間を突き上げはじめた。

「アア、いい気持ち……」

百合子が喘ぎ、合わせて自分も腰を遣った。大量に溢れる淫水が動きを滑らかにさせ、たちまち互いの動きが一致すると、クチュクチュと湿った摩擦音が聞こえてきた。

彼女の口から洩れる、熱く湿り気ある吐息は肉桂《にっき》に似た甘い匂いが含まれ、悩ましく鼻腔が刺激された。

唇を重ねて舌を挿し入れると、

「ンンッ……」

彼女も舌をからめながら、熱く息を弾ませた。

「唾を、唾を垂らして下さい」

さらにせがむと百合子も、トロトロと口移しに注いでくれ、彼は味わいながらうっとりと喉を潤して酔いしれた。

そして興奮を高めながら突き上げを強めていくと、彼女も喘ぎながら膣内の収縮を激しくさせていった。

治郎も限界に達し、眼鏡美女のかぐわしい吐息と、唾液と乳汁の混じった匂いも加わり、締め付けの中で昇り詰めてしまった。

「い、いく……！」

彼は口走り、大きな絶頂の快感に全身を包まれながら、熱い大量の精汁をドクンドクンと勢いよくほとばしらせた。

「き、気持ちいいわ……、アアーッ……！」

噴出を感じると同時に百合子も声を上ずらせ、ガクガクと狂おしい痙攣《けいれん》を開始して激しく気を遣ってしまった。

治郎は収縮の中、心ゆくまで快感を味わい、最後の一滴まで出し尽くしていった。そして満足しながら動きを弱めていくと、

「ああ、もう駄目……」

百合子も力尽きたように言い、肌の強ばりを解いてグッタリともたれかかってきた。

治郎は美女の重みと温もりを受け止め、まだ息づく膣内でヒクヒクと過敏に幹を震わせ、肉桂臭の吐息を間近に嗅ぎながら、うっとりと快感の余韻を味わった

のだった。

「こんなに良かったの、初めて……」

百合子が荒い呼吸を繰り返し、熱気に曇った眼鏡を外して枕元に置いた。

美しく整った顔だちが新鮮で、彼は百合子の素顔を見てすぐにも回復しそうになってしまった。

赤ん坊は、まだ何も知らず安らかに眠っている。

「さあ、流しましょう……」

百合子が言って身を起こし、そろそろと股間を引き離した。

治郎も起き上がり、フラつく彼女を支えながら一緒に部屋を出て、奥にある風呂場へと入った。

残り湯を汲んで百合子が股間を流し、治郎も顔と一物を洗った。

もちろん回復しているし、彼は簀の子《すこ》に座り、目の前に百合子を立たせた。

「ね、オシッコを出してみて」

治郎は、そうした行為に辿り着く谷崎作品のように、新たな興奮に胸を震わせて言った。

「まあ、どうしてそんなものを……」

「綺麗な人が立って出すところを見てみたいので」

言って片方の足を浮かせ、風呂桶に乗せると開いた股間に顔を埋めた。

「ああ、おかしな子ね……」

百合子は喘いで言ったが拒まず、まだ余韻に浸っているので、ためらいよりも好奇心を湧かせたようだった。

匂いの薄れた茂みに鼻を擦りつけ、舌を挿し入れて蠢かせると、すぐにも新たな淫水が溢れて淡い酸味が満ちてきた。

「いいのね、本当に出ちゃうわよ……」

百合子が言い、柔肉《やわにく》の奥が妖しく蠢いて味わいと匂いが変化した。

「あう、出る……」

彼女が呻いて言うなり、チョロチョロと熱い流れがほとばしってきた。

舌に受けて味わい、喉に流し込むと甘美な悦びが胸に広がった。

「アア……、何でも飲むのが好きなのね……」

百合子が息を弾ませて言い、勢いが付くと口から溢れた分が肌を温かく伝い流れて勃起した一物が浸された。

やや濃い塩気と何とも言えぬ匂いが艶めかしく、谷崎もこうした経験があるのだろうかと思いつつ、彼は初めての体験に酔いしれた。

間もなく流れが治まり、百合子はビクリと内腿を震わせた。

彼はなおも余りの雫をすすり、残り香の中で割れ目内部を舐め回した。

「も、もうおしまいよ……」

百合子が言って足を下ろし、しゃがみ込んでもう一度股間を洗い流した。

そして身体を拭くと、また二人で全裸のまま座敷の布団に戻った。

「もうこんなに勃って……、すごいのね。私はもう充分だから、お口でしてあげましょう」

彼女が勃起した一物を見て嬉しいことを言い、治郎を仰向けに横たえた。

そして再び眼鏡を掛け、大股開きにさせた真ん中に腹這い、顔を寄せてきた。

「いっぱいミルクを飲んでくれたから、今度は私が」

百合子が言い、指で付け根を支えながら裏側を舐め上げ、スッポリと喉の奥まで呑み込んでくれた。

幹を丸く締め付けて吸い、満遍《まんべん》なく舌をからめてから顔を上下させはじめた。

どうやら口に出して構わず、飲んでくれるらしい。治郎は期待に幹を震わせ、
その気になって高まりながら、ズンズンと股間を突き上げると、

「ンン……」

百合子も熱く鼻を鳴らし、濡れた唇で強烈な摩擦を繰り返してくれた。

股間を見ると、眼鏡美女が一心不乱《いっしんふらん》におしゃぶりを続けている。

治郎も我慢せず、全身で快感を受け止めながら絶頂に達してしまった。

「い、いく、気持ちいい……！」

クネクネと身悶えながら口走り、ありったけの精汁をドクドク噴出させると、

「ク……」

喉の奥を直撃された百合子が小さく呻いた。しかし摩擦は続行し、さらにチューッと強く吸引されると、何やらふぐりから直《じか》に吸い出されている感じで大きな快感が得られた。

「あうう……、すごい……」

治郎は腰を浮かせて呻き、魂《たましい》まで吸い取られる思いで快感に悶え、心置きなく最後の一滴まで出し尽くしてしまったのだった。

「アア……」

声を洩らし、満足しながら硬直を解いてグッタリ身を投げ出すと、百合子も動きを停め、含んだままゴクリと喉に流し込んでくれた。

締まる口腔の刺激に駄目押しの快感を得ると、ようやく彼女もスポンと口を離し、幹を擦って余りをしごいた。

そして白濁の雫の浮かぶ鈴口を丁寧に舐め、綺麗にしてくれた。

飲み込んだ精汁が、やがて彼女の栄養となり、新たな母乳となるのだろう。

「も、もういいです、有難うございました……」

彼は律儀《りちぎ》に言い、クネクネと腰をよじらせた。

百合子も顔を上げてヌラリと舌なめずりすると、まるで頃合いを計ったように眠っていた赤ん坊がむずがりはじめたのだった。

四

「やあ、来ていたんですか」

治郎がミルクホールに戻ると、窓際の席に太郎がいたので声を掛けた。

すると、向かいには背広姿で、傍らにカンカン帽を置いた二十代前半の長い顔をしたモダンボーイがいた。

「こちらは、この店で知り合った杉山直樹《すぎやまなおき》さん。読書と執筆が好きなので話が合うんです」

太郎が紹介してくれ、治郎は太郎の隣に座って直樹に頭を下げた。

「和田治郎です」

「杉山です。故郷の福岡《ふくおか》で農園を手伝っているのだが、どうにも東京が恋しくなって」

二十四歳という直樹が、ゴールデンバットをくゆらせながら言う。

彼は福岡出身だが上京し、近衛歩兵連隊で教育を受けて少尉を任命され、除隊後は慶應義塾《けいおうぎじゆく》の文科に籍を置いていたらしい。しかし体を鍛《きた》えるため、父親の厳命で農園に行かされたが、たまにこうして上京するようだ。

「僕も杉山さんも、探偵小説が好きなんですよ」

太郎が言うと、直樹が治郎に訊いてきた。

「ときに和田さんは、どのようなものを書いているのですか」

「僕は谷崎が好きで、ずいぶん影響を受けています。いま書いているのも、中学時代の悶々《もんもん》とした思い出で、手すさびのことや近所の小母《おば》さんが干している腰巻にときめいたこととか、昼寝している従妹《いとこ》にそっと接吻《せっぷん》したりとか、そんなことを綴《つづ》っているんです」

「ほう、それはいい。赤裸々《せきらら》な告白は興味がありますね」

直樹が言うと、太郎が口を挟んだ。

「でも、そうしたものは本名より、ペンネームの方が良くないかい。親や親戚に読まれて困ることもあるだろう」

「うん、もちろん持ち込む時には、何か良い名を付けたいんだ。何かないかな」

治郎が言うと、二人とも来たばかりらしく、早苗が三つのホットミルクを運んできた。

早苗も三人の取り合わせに興味がありそうだが、他の席が混んでいるので、すぐカウンターへ戻っていった。

「うん、英語に漢字を当てるのはどうだろう。例えば、相良武雄《さがらたけお》。音読みでアイラブユウだ」

太郎が言い、治郎はいっぺんで気に入ってしまった。

「それはいいな。使いたいが、平井さんが使おうとしていたんじゃないか？」

「いや、僕はエドガー・アラン・ポーが好きだから、江戸川乱歩《えどがわらんぽ》というペンネームを考えているんだ」

「ああ、それもいい」

治郎が感心した。太郎はどうも、英語に漢字を当てるのが得意らしい。

すると直樹が言った。

「福岡では、わけの分からんことを言う奴のことを、夢《ゆめ》ん久作《きゅうさく》ごとある、なんて言い回しがあるんだ。名無しの権兵衛《ごんべえ》や石部《いしべ》金吉《きんきち》の類《たぐ》いだが、僕はペンネームを夢野《ゆめの》久作《きゅうさく》にしようかと密かに考えている」

「それも雰囲気《ふんいき》のある名前ですね」

治郎は言い、東京でこうした知り合いが出来たことを嬉しく思った。

この直樹、来年には農園を辞めて鎌倉《かまくら》で出家し、名を泰道《やすみち》とあらため、さらに夢野久作でデビューするまでは、乱歩より数年遅れの九年後になる。

時が経つのも忘れて探偵ものや耽美《たんび》小説の話で盛り上がったが、やがて二人は帰っていった。

直樹は、またすぐ福岡へ戻るらしいが、次の上京の折には必ずここへ寄ると言ってくれた。

日が落ちる頃閉店となり、治郎も片付けを手伝い、寿美代は母屋《おもや》で夕食の仕度にかかった。

「華枝さんの送り迎えを承知したのね」

店の洗い物をしながら早苗が言う。百合子が来たとき、彼女も先に用向きを聞いていたらしい。

「うん、週に二回ほどだし、まだ定職にも就いていないからね」

「そう、そのうち私も先生の家に遊びに行くわ」

早苗が八重歯《やえば》を見せて答えた。どうせ上流の華枝とは、治郎はそれほど親しくならないと安心しているのだろう。

その早苗も、慕《した》っている百合子と治郎が懇《ねんご》ろになったなどと知ったら、一体どんな顔をすることだろうか。

そして戸締まりをして店の灯りを消すと、二人も母屋に入り夕餉を囲んだ。

食事を終えると、治郎は二階へと上がり、また新助の部屋で読書に耽ったが、ふと、

(こんな気楽な毎日で良いのだろうか……)

と思った。同時に頭の中に、学生の流行り歌『デカンショ節』が流れた。

(デカンショ、デカンショで半年暮らし、あとの半年ゃ寝て暮らす……)

元は丹波篠山《たんばささやま》の盆踊り唄らしく、デカンショとは、デカルト、カント、ショーペンハウエルのことという説がある。

本当に、読書と昼寝の日々が続いたら気楽なものであった。

すると階段に軽い足音がし、寿美代が上がってきた。乾いた襦袢《じゆばん》や下帯などを持って来てくれたのである。

「後で来てもいいかしら」

声を潜めて言うので、治郎も昼間百合子としていたが、すぐにも彼は淫気を催《もよお》して頷いた。

やはり男というものは、何度しても相手さえ変われば、すぐにも気持ちが切り替わるものなのだろう。

「それから、あのご令嬢と早苗と、どっちの方が好き？」

唐突に、寿美代が訊いてきた。

「そ、それは早苗ちゃんの方が好きです。令嬢とは住む世界が違いますので」

治郎は、そう答えていた。やはり寿美代も、百合子の用向きを知って不安に思ったのかも知れない。

「そう、それを聞いて安心したわ。治郎さんが欲しいと思ったら、一人娘だけどいつでもお嫁にあげるわ。その代わり、しばらくはここで暮らしてほしいの」

寿美代が言う。まだ彼が早苗の初物を奪ったとまでは思っていないだろうが、何となく早苗が彼に好意を寄せていることは察しているのだろう。

「分かりました。でもまだ先のことと思います。それに僕は、寿美代小母さんのこともすごく好きですので」

「ええ、もちろん。あなたが早苗と一緒になっても、たまにでいいから私ともしてほしいわ」

「はい、僕もそうしたいです」

「じゃ、あとでね」

彼女は期待に目を輝かせて言い、いったん階下へ戻っていった。

そうなると、もう彼も本など頭に入らず、執筆の続きを書く気にもならず、灯りを消して自分の部屋に戻った。

灯りは点けたまま布団に横になり、早苗が寝るのを待った。

そして彼は、やはり早苗と一緒になるのが、いちばん真っ当な成り行きに思えた。もちろん他の誰と懇ろになろうとも、可憐な早苗と一緒になれるのなら、願ってもない幸福である。

やがて小一時間近く待つと、寝巻姿の寿美代が静かに上がってきた。

治郎は勃起した一物を震わせながら彼女を迎え入れた。

今夜は風呂を焚いていないし、寿美代も銭湯には行っていない。だが治郎は百合子の家で水浴びさせてもらっているので、それほど匂うこともないだろう。

寿美代は熱っぽい眼差しで彼を見ると、帯を解いて手早く寝巻を脱ぎ去っていった。下には何も着けておらず、色白の熟《う》れ肌と息づく豊かな乳房が、匂うように露わになった。

五

「アア、早く二人きりになりたかったわ……」

寿美代が息を弾ませて言い、互いに布団に座るなり治郎に縋《すが》り付いてきた。

唇が重なり、すぐにも彼女の舌が潜り込んでくる。彼もそれを受け入れてネットリとからみつけた。

生温かな唾液に濡れた舌がチロチロと滑らかに蠢き、治郎も彼女の熱い鼻息に鼻腔を湿らせながら感触を味わった。

舌をからめながら豊かな乳房を探り、指先でクリクリと乳首をいじると、

「ああ……、いい気持ち……」

彼女が口を離して喘ぎ、手のひらを重ねてグイグイと乳房に擦り付けてきた。

治郎も、熱く甘い白粉臭の吐息に高まり、そのまま彼女を押し倒した。

乳首に吸い付いて舌で転がし、軽く前歯で刺激し左右とも存分《ぞんぶん》に愛撫したが、あまり急に上手になっていても変に思われるので、多少抑制する余裕も彼は持ちはじめていた。

両の乳首を味わってから寿美代の腋の下にも鼻を埋め込み、色っぽい腋毛に籠もる濃厚に甘ったるい汗の匂いに噎《む》せ返った。

「あう、駄目、汗臭いでしょう……、早く入れて……」

寿美代がクネクネと熟れ肌を悶えさせてせがんだが、もちろんすぐ入れて終える気はない。

熟れた体臭で充分に胸を満たしてから、彼は滑らかな肌をたどり、脚を舐め降りて足裏にも舌を這わせた。足は、どうしても愛撫しないと気の済まない場所になりつつあった。

指の間は生ぬるく湿り、蒸れた匂いが濃く沁み付いていた。

彼は鼻腔を刺激されながら嗅ぎまくり、爪先にしゃぶり付いて全ての指の股に舌を割り込ませて味わった。

「アア……、駄目よ……」

彼女は身悶えながら言ったが、すっかり朦朧となっているようだ。

両足とも味わってから、彼は股を開かせ、寿美代の脚の内側を舐め上げていった。ムッチリと張り詰めて量感ある内腿をたどり、股間に迫るとすでに割れ目は大量の蜜汁に潤っていた。

鼻を埋め込み、柔らかな茂みに籠もった濃厚な汗とゆばりの匂いを貪り、舌を挿し入れて淡い酸味のヌメリを掻き回した。

息づく膣口からオサネまで舐め上げていくと、

「アアッ……、い、いい気持ち……！」

寿美代は顔を仰け反らせて喘ぎ、豊かな乳房を震わせて悶えた。

治郎も執拗にチロチロとオサネを舐め回しては淫水をすすり、特にチュッと吸い付いた。

「い、いきそうよ、もう堪忍……」

寿美代も、彼としてからこの数日、したい気持ちを我慢しながら欲求を溜め込んできたのだろう。すぐにも絶頂を迫らせ、とうとう股間を庇《かば》うようにゴロリとうつ伏せになってしまった。

彼も追わずに顔を離すと、あらためて彼女の尻の谷間に鼻を埋め込み、顔中に密着して弾む豊満な双丘の感触を味わった。

谷間の蕾に籠もる蒸れた微香を貪ってから、舌を這わせてヌルッと潜り込ませ甘苦い微妙な味わいのある滑らかな粘膜を探った。

「お、お願いよ、もう堪忍……」

寿美代が顔を伏せて哀願《あいがん》し、クネクネと尻を蠢かせた。

治郎も待ち切れなくなったので、彼女の前後を味わってから身を起こした。

「ね、四つん這いになって下さい」

彼は豊かな腰を持ち上げて言うと、彼女も素直に両膝を立て、彼の方に尻を突き出してきた。

治郎は膝を突いて股間を進め、幹に指を添えると後ろから先端を膣口に押し当て、ヌルヌルッと一気に挿入していった。

実家の書店で、こっそり四十八手の本を読み、いつか色んな体位を体験したいと思っていたのである。

根元まで押し込むと、やはり正面からとは微妙に異なる摩擦感触があり、彼の股間に豊満な尻が密着して心地よく弾んだ。

「アアッ……！」

寿美代が顔を伏せて喘ぎ、白い背中を反らせた。

治郎も最初からズンズンと腰を前後に突き動かし、彼女の背に覆いかぶさると両脇から回した手で豊かな乳房を揉みしだいた。

しかし何度か突き動かし、膣内の摩擦と尻の感触には高まったが、やはり顔が見えず、唾液や吐息がもらえないのは物足りなかった。

やがて彼は身を起こしてヌルリと引き抜き、彼女を横向きにさせた。

「ああ……」

寿美代は快楽を中断されて喘ぎ、治郎は彼女の上の脚を真上に押し上げ、下の内腿に跨がると、今度は松葉くずしの体位で挿入していった。

上の脚に両手でしがみつくと、互いの股間が交差して密着感が高まり、内腿も擦れ合って新鮮な快感があった。

「アア、いい気持ち……、もっと突いて……」

完全に受け身になっている寿美代がせがみ、横になったまま腰を動かした。

だがここでも彼は何度か動き、この体位の感触を味わうと動きを停め、また引き抜いた。

そして仰向けにさせると、治郎は正常位で一気に根元まで挿入し、身を重ねていった。

「あう、もう抜かないで……」

寿美代が言い、下から両手でしがみついてきた。ズンズンと股間をぶつけるように動くと、膣内の収縮が高まり、蜜汁も大洪水になって、すでに彼女は何度か小さく気を遣りはじめているようだった。

しかし、やはり治郎は下になる方が好きなのである。

「ね、僕が下になりたい。それでもう抜かないから」

動きを停めて囁き、股間を引き離して添い寝していくと、寿美代も喘ぎながらノロノロと身を起こし、仰向けの彼の股間に移動していった。

「少しだけおしゃぶりして下さい……」

甘えるように言うと、なんと寿美代は治郎の両脚を浮かせて尻に迫ってきた。

彼女はチロチロと肛門に舌を這わせ、ヌルッと深く押し込んできた。

「く、気持ちいい……」

治郎は呻き、モグモグと肛門で美女の舌先を締め付けて味わった。

寿美代も中で舌を蠢かせてから脚を下ろし、舌を引き離してふぐりを舐め回してくれた。そして股間に熱い息を籠もらせながら、自分の淫水にまみれているのも厭わず、肉棒を舐め上げてスッポリ呑《の》み込んでいったのだ。

「ああ……」

根元まで含まれ、彼は快感に喘ぎながら幹をヒクつかせた。

「ンン……」

寿美代も熱い息で恥毛をくすぐり、強く吸い付きながら舌をからめ、生温かな唾液で一物全体をヌルヌルにしてくれた。

そして何度かスポスポと摩擦してから口を離し、顔を上げて前進すると彼の股間に跨がってきた。

自ら幹に指を添え、先端を膣口に押し当てると、待ち切れないようにヌルヌルッと受け入れながら座り込んでいった。

「アアッ……、奥まで感じる……」

寿美代が股間を密着させ、顔を仰け反らせて喘いだ。

しばしキュッキュッときつく締め上げてから身を重ねると、彼も両手を回してしがみつき、両膝を立てて蠢く豊満な尻を支えた。

顔を引き寄せ、彼女の喘ぐ口に鼻を押し込んで嗅ぐと、熱く湿り気ある白粉《おしろい》臭の吐息が悩ましく鼻腔を刺激し、彼は激しくズンズンと股間を突き上げはじめていった。

「あうう、すぐいきそう……」

寿美代が呻き、合わせて腰を上下させた。

すぐにも互いの動きが一致し、ピチャクチャと淫《みだ》らな摩擦音が聞こえてきた。

大量に溢れる淫水が彼の肛門の方にまで生温かく伝い流れ、膣内の収縮も彼自身を吸い込むように最高潮になった。

「ね、顔中ヌルヌルにして……」

顔を抱き寄せて囁くと、寿美代も舌を這わせ、彼の鼻の穴から鼻筋、口の周りや頬を舐め回してくれた。それは舐めるというより、垂らした唾液を舌で塗り付けるほど大胆で、たちまち彼の顔中は美女の生温かな唾液でヌルヌルにまみれた。

「ああ、嚙《か》んで下さい……」

寿美代の口に頬を押し付けて言うと、彼女も口を開いてそっと歯を立て、咀《そ》嚼《しゃく》するようにモグモグと動かしてくれた。

「アア、気持ちいい、いきそう……」

治郎は甘美な刺激に高まって喘ぎ、何やら美女に食べられていくような感覚に絶頂を迫らせた。

すると先に、寿美代の方がガクガクと狂おしい痙攣を開始したのだった。

「い、いっちゃう……、アアーッ……！」

彼女が声を上ずらせ、激しく気を遣ると収縮と締め付けが増した。

「く……！」

治郎も呻き、続いて激しい絶頂の快感に全身を貫かれていった。唾液と吐息の匂いが、さらに絶頂を大きくしたようだ。

同時に、ありったけの熱い精汁がドクンドクンと勢いよくほとばしり、内部の奥深い部分を直撃した。

「ヒッ……！　す、すごい……」

噴出を感じ、駄目押しの快感を得た寿美代が息を呑み、さらにきつく締め上げながら股間を擦り付け、乱れに乱れた。

治郎も快感を嚙み締め、最後の一滴まで出し尽くしていった。

満足しながら徐々に突き上げを弱めていくと、

「ああ……、溶けてしまいそう……」

寿美代も熟れ肌の強ばりを解いて声を洩らし、グッタリと力を抜いて彼に体重を預けてきた。

まだ膣内は名残惜しげに収縮し、射精直後で過敏になった幹が刺激された。

内部でヒクヒクと幹を跳ね上げると、

「あう……、もう駄目、感じすぎるわ……」

寿美代も敏感になって呻き、キュッと締め付けてきた。

治郎も深い満足の中で力を抜いて、熟れ肌の重みと温もりを受け止め、熱く甘い吐息を胸いっぱいに嗅ぎながら、うっとりと快感の余韻に浸り込んでいったのだった……。

第四章　令嬢の淫水は熱く溢《あふ》れ

一

「お待たせ致しました」

華枝が治郎に言い、ドレスの裾《すそ》をつまんでタクシーから降りてきた。

午前十時、待ち合わせの場所は、六区の電気館脇である。

「ではお嬢様、お昼前にこちらへ参りますので」

いつも頼んでいるらしい運転手が言い、タクシーが走り去っていくと、治郎は華枝と一緒に歩きはじめた。

もちろん並んで話しながらというわけにいかず、彼が少し前を歩いたが、たびたび後ろを振り返って確認すると、華枝が熱っぽい眼差《まなざ》しで笑いかけた。

話などしなくても、治郎は上流のお嬢様と一緒に歩けるので誇らしい気持ちになった。

華枝は、そこらにいる外見だけ着飾り『今日は帝劇《ていげき》、明日は三越《みつこし》』という高級さだけを装《よそお》うような、流行《はや》りのモダンガールとはわけが違う。

本当の令嬢なのである。

やがて六区の喧騒《けんそう》を抜け、浅草寺の境内《けいだい》を横切って住宅街の路地に入ると華枝が後ろから話しかけてきた。

「治郎さんは、どんな歌がお好きですか」

「はあ、『デカンショ節』とか、あるいは『日本海海戦』や、『広瀬中佐』とか」

彼は答えた。横須賀で生まれ育ち、まだまだ日露戦争の余韻《よいん》があったので、どうしても海軍の歌ばかりが多く耳に入ってきたのだ。

「まあ、やはり勇猛《ゆうもう》なメロディがお好きなんですね。唱歌で言えば、私は『冬景色』とか『早春賦《そうしゅんふ》』が好きですわ。いま百合子先生に習っているのは、バダジエフスカの『乙女の祈り』ですの」

「そうですか、どれも綺麗な旋律《せんりつ》ですね」

治郎の知っている曲ばかりだったので、何とか答えることが出来た。

今日も爽《さわ》やかな五月《さつき》晴れで、後ろからそよ風が吹くたび甘い匂いが彼の鼻腔をくすぐった。

百合子の家に着くと、すぐに彼女が出迎え、レッスンが始まると治郎は夫の部屋で読書に耽《ふけ》った。しかしピアノを聞いていると、文字が頭に入らなくなってしまった。

何しろ昨日の百合子との濃厚な情交を思い出してしまうのである。

百合子だって、彼が入ってきたときのチラと向けられる眼差しに熱いものが感じられ、当然ながら意識していることだろう。

そのようなことは夢にも知らず、令嬢はたどたどしいながら清らかな旋律を奏《かな》でては、百合子に修正されていた。

時間が経つうちには、徐々に華枝の苦手な箇所も滑らかに進むようになり、あっという間に稽古《けいこ》時間が終わってしまった。

百合子が紅茶を淹《い》れてくれ、治郎も本をしまってピアノのある洋間へ行った。

そして少し雑談していたが、タクシーの迎えの時間もあるので、次の稽古は三日後と決め、やがて華枝は腰を上げた。

治郎も一緒に出たが、やはり百合子は密かに名残《なごり》惜しげな表情をしながらも二人を見送った。

また二人で路地を歩くと、

「明日も、お願い出来ますでしょうか」

華枝が後ろから言い、彼は振り返った。

「次は三日後ではないのですか？」

「お話ししたいことがあるのです。十時に、今日と同じ場所で構いませんか」

「分かりました。じゃ明日も参りますね」

「早苗さんたちには、今日と同じピアノのお稽古ということにして下さいませ」

意味ありげに彼女が言い、治郎も承諾した。

あとは無言で歩き、やがて六区に入ると、もう電気館脇にタクシーが待っていた。

華枝が辞儀《じぎ》をして乗り込むと、治郎もそれを見送ってからミルクホールへと戻ったのだった。

店には太郎など知り合いもいないので、彼は母娘に挨拶《あいさつ》だけすると母屋《おもや》に入って昼食を済ませ、二階へと籠もった。そして読書か執筆にかかろうと思ったが、

（華枝さんは、いったい何の話があるんだろう……。第一、百合子先生の家ではなく、どこで話そうというのか。まさかここへ……）

と、あれこれ考えはじめ、もう何も手につかなくなってしまったのだった。

それでも少しずつ執筆を進め、やがて日が暮れた。

彼も閉店の片付けを手伝い、三人で夕餉《ゆうげ》を囲んだ。

「明日もお稽古に付き添うことになりました」

「そう、百合子先生もお嬢さんも何かと忙しいでしょうから、互いに空いた時間にお稽古するのね」

彼が言うと寿美代が答え、早苗ともども何も疑っていないようだった。

そして彼は夕食と入浴を済ませて二階へ引っ込んだが、その夜は何事もなかった。やはり寿美代も、年中忍んでくるというのも気が引けるのだろう。

そして翌日、治郎は朝食を済ませると袴《はかま》を穿《は》き、頃合いを見計らって朴歯《ほおば》を鳴らして出かけたのだった。

電気館脇に着いたが、十時を回っても華枝は来ない。

周囲を見回していると、一人の地味な洋装の女が近づいてきた。

「え？　まさか、華枝さん？」

「ええ、驚きました？」

声を掛けると、華枝がにこやかに笑って答えた。

マガレイトの髪を解いて後ろで束ね、ブラウスにスカート姿。まさに早苗が着ているような普段着である。

「今日はいつもの運転手ではなく、別のタクシーで来ましたの。家には、女学校時代のお友達と会うから普段着でと言いました」

華枝が言う。なるほど、女学校の仲間なら平民も多いので、派手にならぬよう気遣う理由になるだろう。

「とにかく、あそこへ。もう予約をして参りました」

華枝が指して歩き出すと、そこはお上りさんたちが宿泊するためのホテルであった。それでも外観はしっかりとし、帝国ホテルなどと同じように気取ったシステムを取っている感じである。

「ホテルには、田舎《いなか》から弟が出て来るので、休憩すると言いました」

華枝が笑いながら、声を潜めて言う。別人格を演じることが、大冒険しているように楽しいのだろう。

確かに、普段着でも颯爽《さっそう》たる華枝に比べると、一歳下の治郎は田舎から出てきたばかりの弟に映るかも知れない。もっともホテル側は、そんな口実など百も承知しているだろうから、そこがまだ華枝の世間知らずなところなのだろう。

とにかく二人で密室に入れると思うと、治郎の胸は妖《あや》しく高鳴ると同時に、そして百合子に窘《たしな》められたことも頭をよぎった。

ホテルに入り、華枝がフロントで鍵を受け取ると、もう前金を払っているのか従業員が慇懃《いんぎん》に頭を下げた。

階段で二階へ行くと、いちばん奥の部屋に二人は入り、華枝が内側から鍵を掛けた。中には寝台が据えられ、小さなテーブルと椅子、あとは洋式の鏡台とバストイレがあるようだ。

さすがに密室に入ると、頬を紅潮《こうちょう》させていた華枝は、ほっとしたように椅子に掛けた。

治郎も座ると、彼女が口を開いた。

さっきまでの浮かれた様子は影を潜め、急に深刻な表情になっている。

「実は私、近々結婚をするんです。百合子先生からお聞きですか」

「いえ……」

「兄の先輩の子爵家で、官僚になる方で恐らく可も不可もない人でしょう。多分すぐに決まってしまうだろうし、私も断れないと思います。私は親に背《そむ》いて、治郎さんに連れられて家を飛び出す勇気はありません」

「……」

治郎は、華枝の次の言葉を待った。恐らく彼女はこの数日、あれこれと娘心を痛めて想像を巡らせていたのだろう。

「ただ、見知らぬ人に嫁ぐ前に、誰にも内緒で、好きな方に捧《ささ》げたいのです。だから決して、一緒に逃げてくれなんて申しませんし、今後もご迷惑はおかけしません。どうか、お願い頂けますでしょうか」

聞きながら、彼は激しく股間を熱くさせはじめてしまった。

これなら、華枝の必死の願いだし、以後何の関わりもなく、済めばなかったことになるのだから、百合子の忠告に背くことにはならないのではないか。

「分かりました。でも私からもお願いが」

「何でしょう」

彼が答えると、華枝が目を輝かせて身を乗り出して言った。

「済んでから、貴女《あなた》に未練が残らないよう、対等な男女ではなく、僕を下僕《げぼく》のように扱って下さい」

言いながら痛いほど勃起し、彼の胸に谷崎作品の性癖《せいへき》が押し寄せてきた。

「まあ、それはどういう……」

「好きになる資格もない男と思い、単なる好奇心と快楽の道具にして下さった方が、あとで貴女がお辛《つら》くならないかと思います」

「よく分かりませんが、それほどお気遣い下さっているのですね……」

華枝は要領を得ぬように言うが、実際はそのようにされることが彼の悦《よろこ》びなのである。

「ええ、では何でも仰《おつしや》る通りに致しますわ。どのようなことでも」

彼女が、これきりという悲しみを頭の隅へ押しやり、好奇心を前面に出してきたように熱い眼差しで言った。

二

「では脱ぎましょう。全部」

治郎は言って立ち上がり、窓のカーテンを引いた。それでも午前の陽があちこちから射《さ》しているので、観察には全く支障はない。

そして彼が袴の前紐を解きはじめると、華枝もブラウスのボタンを外し、スカートのホックを外して脱ぎはじめていった。

さすがに生娘《きむすめ》らしく、緊張と不安に細い指先が震えていた。

治郎は先に襦袢から下帯まで脱ぎ去り、全裸になって布団をめくり、先にベッドに横になった。

華枝も下着姿になり、白く滑《なめ》らかな背を見せながら全て脱ぎ去っていった。脱ぐことで揺らぐ空気に甘ったるい匂いが混じりはじめた。

一糸《いっし》まとわぬ姿になると、華枝は胸を隠しながら向き直る。

実に均整が取れており、乳房もやや上を向き加減で形良く、何とも見事な肢体《したい》だった。

「どうか、ここに立って下さい」

仰向《あおむ》けのまま治郎が言うと、彼女はそろそろと寝台に上り、恐る恐る、言われるまま彼の顔の横に立った。

「では、足を僕の顔に乗せて下さいませ」

「そ、そのようなこと……」

下から言うと、華枝がガクガクと膝《ひざ》を震わせながら答えた。

全裸になれば、平民も華族もないと思っていたが、彼女は全ての衣装がなくても高貴な雰囲気《ふんいき》が溢《あふ》れていた。いや、それは治郎の思い入れによるものが強いのかも知れない。

「アア……、何でも言われた通りにするお約束でしたね……、こうですか……」

華枝も意を決して言い、壁に手を突いてフラつく身体を支えながら、そろそろと片方の足を浮かせ、そっと足裏を彼の顔に乗せてきた。

形良い足裏の僅《わず》かに湿った生温かな感触が顔中に心地良く密着した。

「アア……、このようなことをするなんて……」

「決してご主人に出来ないことを、全て僕にして下さいね」

声を震わせて言う華枝に彼は答えると、令嬢の足裏の柔らかな感触を味わい、滑らかな踵《かかと》から土踏まずに舌を這《は》わせ、縮こまった指の間にも鼻を割り込ませて嗅いだ。

そこはさすがに他の女性と同じく、生ぬるい汗と脂に湿り、蒸れた匂いが濃厚に沁《し》み付いて鼻腔が刺激された。やはり朝から緊張し、相当に汗ばんでいたのだろう。

充分に匂いを貪《むさぼ》ってから爪先《つまさき》にしゃぶり付き、指の股に舌を挿《さ》し入れた。

「あう、そんな、犬のようなことを……」

「ええ、犬だと思って構いませんので」

今にも座り込みそうになっている彼女に言い、治郎は激しく勃起しながら全ての指の間を味わった。

そして左右の足を替えてもらい、そちらの新鮮な味と匂いも彼は薄れるほど貪り尽くし、華枝の足首を摑《つか》んで顔の左右に置いた。

「では、しゃがみ込んで下さい」

「アア……、恥ずかしい……」

生娘に求めるのは酷《こく》かも知れないが、華枝は喘《あえ》ぎながら厠《かわや》に入ったように、そろそろとしゃがみ込んできた。こうして対等ではない行為を求めるうち、彼女の恋心も醒《さ》めるかも知れないが、とにかく彼は、してほしいことをせがんでいるだけなのである。

やがて彼女は完全にしゃがみ込むと、寝台の前にある柵に両手で摑まったので、まるでオマルにでも跨《また》がったようだった。

細めの脚がM字になると、脹《ふく》ら脛《はぎ》や内腿がムッチリと張り詰め、無垢《むく》な股間が彼の鼻先に迫って熱気が漂った。

神聖な丘には楚々《そそ》とした恥毛がふんわりと煙《けむ》り、割れ目からはみ出す花びらは実に綺麗な桃色をしていた。そっと指で陰唇を左右に広げると、

「あう……」

触れられた華枝が呻《うめ》き、ビクリと下腹を震わせた。

中も綺麗な薄桃色の柔肉《やわにく》で、思っていた以上にヌラヌラと大量の蜜汁に潤《うるお》っていた。

無垢な膣口もひっそり閉じられて艶《なま》めかしく息づき、小さな尿口の小穴もはっきり確認出来た。包皮の下からツンと突き立つオサネも、程よい大きさで綺麗な真珠色の光沢を放っていた。

もう堪《たま》らず、彼は腰を抱き寄せて若草に鼻を埋め込み、隅々に籠もる熱気を貪るように嗅いだ。やはり蒸れた汗の匂いと、ほのかな残尿臭が混じって、悩ましく鼻腔が刺激された。

そして舌を挿し入れると、ヌメリは淡い酸味を含み、膣口の襞を舐め回すうちヌラヌラと動きが滑らかになった。

令嬢の味と匂いを堪能《たんのう》しながら、ゆっくりとオサネまで舐め上げていくと、

「アアッ……！」

華枝が声を上げ、思わずキュッと座り込んで、懸命に彼の顔の左右で両足を踏ん張った。

舐めるたびに潤いが増し、ヒクヒクと白い下腹が波打った。

さらに彼は尻の真下に潜《もぐ》り込み、顔中で弾力ある双丘を受け止め、谷間の可憐《かれん》な蕾《つぼみ》に鼻を埋めた。

やはりそこには蒸れて秘めやかな微香が籠もり、どんな令嬢でも用を足すことが分かった。治郎は貪り嗅《か》いでから舌を這わせ、細かに息づく襞《ひだ》を濡らし、ヌルッと潜り込ませた。

「あう、いけません、そんなこと……」

華枝が呻き、キュッときつく肛門で舌先を締め付けてきた。

治郎は内部で舌を蠢《うごめ》かせ、滑らかな粘膜を探ってから、再び割れ目に舌を戻し、新たなヌメリをすすり、執拗《しつよう》にオサネを舐め回した。

「も、もう堪忍《かんにん》、後生ですから……」

華枝が、令嬢らしくなく古風な物言いをし、懸命に股間を引き離してきた。

そして彼の傍《かたわ》らに突っ伏《ぷ》し、しばしハアハアと荒い呼吸を繰り返した。

その手を握り、治郎は強《こわ》ばりに導いていった。

華枝も指が一物に触れると、ビクリと硬直《こうちょく》し、やがて恐る恐る目を向けていった。治郎が華枝の頭を下方へ押しやって大股開きになると、彼女も好奇心を甦《よみがえ》らせたように、ゆっくり移動していった。

股間に腹這いになると、彼女は熱い視線を中心部に注いできた。

「こうなっているのですか、殿方は誰も」

「ええ、長さや太さに多少違いはあるでしょうが、大体これが平均的なものと思います。優しく触れて下さい」

治郎が真面目《まじめ》に答えると、華枝もそっと指を這わせてきた。

勃起した幹を撫《な》で、張り詰めた亀頭に触れ、ふぐりもそろそろと撫で回した。

「ああ、気持ちいい……」

彼がヒクヒクと幹を震わせて喘ぐと、次第に華枝も慣れたようにいじり回してくれた。

「入るのですか、こんな大きなものが……」

「貴女の陰戸が濡れているので入ります。最初は痛いでしょうが、さらに僕のものを舐めて濡らすと良いです」

言うと、彼女もそっと顔を寄せ、先端の裏側に舌を這わせてきた。

滑らかな舌で鈴口まで舐め上げ、厭《いと》わず粘液も拭《ぬぐ》い取ると亀頭も舐め回した。

「アア……、深く含んで下さい。歯を当てないように……」

さらにせがむと、華枝も素直に丸く開いた口で亀頭を含み、そのままスッポリと喉の奥まで呑み込んでいった。

令嬢の口の中は熱く濡れ、唇《くちびる》が幹を締め付け、内部では味見でもするように舌が触れて蠢いた。そして言われたように、たっぷりと唾液を出して亀頭を浸《ひた》し、息苦しくなったようにチュパッと口を離した。

「充分に濡れました。入れて下さいませ」

華枝が、覚悟を決めたように言った。

「本当に、良いのですか」

「ええ、そう決めてきたのですし、決して後悔は致しません」

「ならば、上から跨いで入れてみて下さい。痛ければ自分で止めることも出来ますので」

仰向けのまま言うと、華枝は少しためらったが、やがて身を起こして前進すると跨がってきた。そして彼は先端を割れ目に当て、指で陰唇を広げて位置を定めてあげた。

彼女は震える呼吸を繰り返していたが、ゆっくり腰を沈み込ませた。

張り詰めた亀頭が潜り込み、あとは重みと潤いに助けられながら、ヌルヌルッと滑らかに根元まで受け入れていった。

治郎は、二人目の生娘の感触を味わい、処女膜を丸く押し広げながら、密着する股間の重みと温もりを嚙み締めたのだった。

三

「アアッ……！」

ぺたりと座り込むと、華枝が破瓜《はか》の痛みに眉をひそめ、顔を仰《の》け反《ぞ》らせて熱く喘いだ。まるで短い杭《くい》にでも真下から貫《つらぬ》かれたかのように、全身を硬直させていた。

乳房も実に形良く、やや上向き加減で、それほどの大きさはないが張りがありそうで、乳首も乳輪も清らかで初々《ういうい》しい桜色をしていた。

治郎も、熱いほどの温もりときつい締め付け、潤いに包まれながら快感を嚙《か》み締めた。

そして両手を伸ばして抱き寄せると、華枝もゆっくり身を重ねてきた。

治郎は顔を上げ、潜り込むようにして乳首を含み、吸い付きながら舌で転がした。顔中を押し付けて膨《ふく》らみの感触を味わったが、彼女の全神経は股間に集中しているようで、乳首への反応は薄かった。

彼は左右の乳首を含んで舐め回し、さらに腋の下にも鼻を埋め込んで生ぬるい湿り気を嗅いだ。

そこに和毛《にこげ》はなく実にスベスベなのは、やはり舞踏会などに招かれて袖無しのドレスを着ることもあるので、手入れされているのだろう。

滑らかな感触は新鮮だが、それでも甘ったるい濃厚な汗の匂いが沁み付き、悩ましく鼻腔を刺激してきた。

治郎は令嬢の体臭を貪り、締め付けのきつい膣内でヒクヒクと歓喜に幹を震わせた。

さらに白い首筋を舐め上げ、下からピッタリと唇を重ね、舌を挿し入れて滑らかな歯並びを左右にたどった。

「ンン……」

すると華枝が熱く鼻を鳴らし、歯を開いて侵入を受け入れていった。

舌をからませると、彼女の舌もチロチロと蠢き、治郎は生温かく滑らかな唾液を味わった。

そして様子を見ながら小刻みにズンズンと股間を突き上げると、

「アアッ……！」

華枝が口を離し、熱く喘いだ。

口から吐き出される息は熱く湿り気を含み、花粉のように甘い匂いがあって、彼の鼻腔を悩ましく刺激してきた。

「大丈夫ですか。痛ければ止《よ》します」

「平気です。どうせ誰でもすることなのでしょう……」

気遣って囁《ささや》くと彼女は健気《けなげ》に答え、自分からも合わせて腰を動かしはじめてくれた。どうやら徐々に破瓜《はか》の痛みは麻痺《まひ》し、好きな男と一体になっている悦びが芽生えてきたようだ。

溢れるヌメリの量も申し分ないので、次第に互いの動きが滑らかになり、クチュクチュと湿った摩擦音も聞こえはじめた。

「どうか、唾《つば》を垂らして下さい……」

「なぜ、キッスではいけないのですか」

彼が言うと、華枝が不思議そうに小首を傾げて答えた。

「お嬢様が垂らしたものを飲みたいのです」

「お嬢様なんて仰らないで……、こうですか……」

華枝は言い、懸命に口中に唾液を分泌《ぶんぴつ》させると唇をすぼめて迫り、白っぽく小泡の多い唾液をクチュッと吐き出してくれた。

それを彼は舌に受けて味わい、うっとりと喉を潤して酔いしれた。

「唇に唾を溜めて、強くペッと吐きかけて下さい」

「そ、そんなこと、殿方にするのですか……」

さらにせがむと、華枝はさすがにためらって答えた。

「他の男に決してしないことを、僕だけにしてほしいのです」

「そう、済めば何もなかったことにする約束ですものね……」

言うと彼女も無理矢理納得し、再び唾液を溜めると顔を寄せ、大きく息を吸い込んで止めた。そして彼が思っていたより強く、ペッと勢いよく吐きかけてくれたのである。

かぐわしい吐息とともに、生温かな唾液の固まりが鼻筋にピチャッと降りかかり、微《かす》かな匂いを発しながら頬の丸みをトロリと伝い流れた。

「アア、こんなことするなんて……」

華枝が喘ぎ、膣内の収縮を強めてきた。やはり、してはいけないことを連続すると、禁断の快感らしきものが芽生えてきたのかも知れない。

治郎の方も、小刻みに股間を突き上げるうち、肉襞の摩擦で急激に絶頂が迫ってきた。

彼は華枝の喘ぐ口に鼻を押し込み、何とも上品でかぐわしい吐息を嗅ぎながら勢いを強め、たちまち昇り詰めてしまった。

「く……、気持ちいい……！」

突き上がる大きな絶頂の快感に口走ると、熱い大量の精汁がドクンドクンと勢いよく内部にほとばしった。

「あ……、何か、感じます……」

噴出の温もりに、華枝も口走った。

治郎は心ゆくまで快感を味わい、摩擦と締め付けの中で最後の一滴まで出し尽くしてしまった。

「ああ……」

彼は喘ぎ、すっかり満足しながら徐々に突き上げを弱めていった。

すると華枝も、何やら嵐が過ぎ去ったのを察したように、肌の強《こわ》ばりを解いてグッタリともたれかかってきた。

息づく膣内で彼はヒクヒクと過敏に幹を震わせ、令嬢のかぐわしい吐息を間近に嗅ぎながら、うっとりと快感の余韻《よいん》に浸り込んでいった。

そして呼吸を整えると、そろそろと彼女の腰を突き放していった。

華枝も股間を離すと、ゴロリと横になって添い寝してきた。

治郎は身を起こし、備え付けのチリ紙で手早く一物を拭ってから、彼女の股間に顔を潜り込ませた。

すると、やはり早苗の時のように、痛々しく陰唇がめくれ上がり、逆流する精汁にほんの少量の鮮血が認められた。

彼は優しく拭いてやり、身を投げ出している華枝を支えながら一緒にベッドを降りた。

バスルームに入ると、浴槽と洋式便器が並んで、シャワーも付いている。

要領を得ず少し迷っていると、華枝が浴槽に入ってお湯と水のコックを開き、流れてくるシャワーの湯を適温に調整してくれた。

彼も浴槽に入って身を寄せ合い、一緒に湯を浴びて股間を流した。

いったん湯を止めると、治郎は長い浴槽の中に身を横たえ、

「ね、ここに跨がってオシッコをかけて下さい」

言うと華枝がビクリと身じろいだ。

「そんなこと、どうして……」

「綺麗な女の人が出すところを、下から見てみたいのです。すぐに洗い流しますし、ほんの少しでもいいので」

ためらう華枝に言いながら、治郎は彼女の体を移動させ、浴槽の縁に両足を乗せさせ、開いた股間の真下に入った。

「アア……、本当にするのですか……」

華枝は、彼の顔を跨いださっき以上に大股のM字に開脚し、内腿を震わせながら言った。

「ええ、誰にもしないことを、僕だけにしてほしいのです」

彼が言うと、華枝は僅かに開いた割れ目を震わせ、新たな蜜汁を漏らしはじめながら、懸命に息を詰めて尿意を高めはじめてくれた。

治郎が割れ目に舌を這わせて待っていると、必死に下腹に力を入れている彼女の柔肉が妖《あや》しく蠢いた。

「あう、出ます……」

と、華枝が言うなり、ポタポタと熱い雫《しずく》が滴《したた》り、たちまちチョロチョロとした一条の流れとなって彼に降り注いできた。

治郎は舌に受け、淡く上品な味と匂いを堪能しながら喉に流し込んだ。

「アア……、このようなこと、信じられません……」

華枝は、治郎の口に泡立って注がれる音を聞きながら声を震わせ、腰をくねらせるたび流れが揺らいで彼の顔中を濡らした。

彼は口だけでなく、肌にも温かく浴びせられながらムクムクと雄々《おお》しく回復していった。

やがて流れが弱まると、間もなく放尿は治まり、あとはポタポタと余りの雫が滴るだけとなった。その雫にも新たな淫水が混じり、ツツーッと糸を引くようになった。

彼は残り香の中でそれを舐め取ると、

「も、もう駄目……」

浴槽の細い縁に乗っていられず、彼女は言って足を下ろしてきた。

治郎も、再びシャワーの湯を出し、互いの全身を流した。

ようやく湯を止めて立ち上がると、彼女を支えながら浴槽を出て身体を拭き、また全裸のまま部屋の寝台へ戻っていった。

(二度目は、どんなふうに果てようか……)

治郎は期待に胸を震わせて思った。幸い、華枝も多くの行為に激しい衝撃を受けている様子もなく、むしろ二人の秘密を持ったことに満足しているようだが、やはり立て続けの挿入は酷《こく》であろう。

そうなると、やはり口に出させてもらい、飲んでもらおうか、と、そう思うと彼は、何も知らない子爵の御曹司《おんぞうし》が気の毒になり、逆にもっと華枝を味わっておきたいと思ったのだった。

四

「色々したけれど、嫌ではなかったですか？」

寝台に添い寝して、治郎は身を寄せている華枝に囁いた。

「ええ、でも、他の殿方も皆ああするのですか」

「ああするとは？」

「その、足の指やお尻を舐めたり、唾やオシッコを飲んだり……」

華枝が、言いにくそうに小さく答えた。

「人によるでしょうが、まず御曹司はしないかと思います。少し接吻して、すぐ交接してくるかも」

「そうなのですか……」

言うと、華枝が不安げに答えた。

「せめて、『乙女の祈り』が弾《ひ》けるようになるまでは、お嫁に行きたくないのですけれど……」

「昨日聴いた限りでは、間もなく出来るようになりますよ」

治郎も答えた。華枝はまだ百合子の教室に通って間もないが、女学校時代から音楽室のピアノで基礎は出来ているのだろう。

彼は、そろそろと手を伸ばし華枝の割れ目を探ると、そこは新たな蜜汁に潤っていた。

そしてヌメリを指に付け、そっとオサネをいじると、

「あう……」

華枝がビクリと反応して呻いた。

「ここ、ご自分でいじったことはありますか」

「少しだけ……」

訊くと、彼女が羞じらいを含んで小さく答えた。

「では、気を遣ったことも？」

「宙に舞うように、たいそう心地よくなることがあります……」

華枝が言い、やはり早苗などと同じように、好奇心からそうした体験はしているようだった。

温もりを伝え合いながら話しているうち、もう治郎は我慢出来なくなり、華枝に顔を寄せてピッタリと唇を重ねていった。

彼女も目を閉じ、会話を止めて再び快楽の世界に切り替わったようだ。

舌を挿し入れ綺麗に生え揃った滑らかな歯並びを舐めると、華枝も歯を開いてチロチロと舌をからめてきた。

治郎も、令嬢の清らかな唾液に濡れて蠢く舌を味わいながら、彼女の手を握って強ばりに導いた。

華枝は柔らかな手のひらにやんわりと包み込み、自分の初物を奪ったばかりの肉棒をニギニギと愛撫してくれた。

彼もオサネから指を離し、今度は乳首をいじると、

「ンンッ……！」

華枝が熱く呻き、チュッと彼の舌に強く吸い付いてきた。鼻から洩《も》れる息はほ

とんど無臭だが、嗅ぐと熱く鼻腔が湿った。

充分に舌をからめてから口を離し、喘ぎはじめた彼女の口に鼻を押し込んで息を嗅ぐと、興奮と乾きによるものか、さっきより花粉臭の刺激が濃厚になって悩ましく鼻腔が掻き回された。

うっとりと嗅ぎ続けて胸を満たし、肉棒に華枝の愛撫を受けるうち、彼は急激に絶頂を迫らせていった。

「お、お口でして頂けますか……」

「ええ、上手に出来るかしら」

華枝が答えるので、彼は仰向けのまま彼女の顔を股間へと押しやった。

彼女も大股開きの真ん中に腹這い、彼の股間に白い顔を迫らせてきた。

治郎は興奮に任せて両脚を浮かせ、彼女の鼻先に尻を突き付けながら、自ら両手で谷間を広げた。

すると華枝は厭わず、チロチロと肛門に這わせてくれたのだ。

「ああ、気持ちいい……、中にも入れて……」

治郎は、洗ったとはいえ最も不潔な部分を華族の令嬢に舐められ、禁断の快楽に喘いだ。ためらいなく華枝も、唾液に濡らした肛門にヌルッと浅く舌先を潜り込ませてくれた。

「あう……」

彼は呻き、モグモグと味わうように肛門で令嬢の舌先を締め付けた。中で舌が蠢くと、収縮に合わせて勃起した肉棒がヒクヒクと上下に震え、鈴口から粘液が滲《にじ》んだ。

彼が脚を下ろすと、華枝も自然に舌が引き離された。

「ここも舐めて下さい」

ふぐりを指して言うと、彼女も舌を這わせて二つの睾丸を転がしてくれた。

そして袋全体が生温かな唾液にまみれると、

「ではこっちを跨いで、舐め合いましょう」

治郎は言い、彼女の下半身を引き寄せた。すると華枝も移動し、恐る恐る彼の顔に跨がって股間を迫らせ、女上位の二つ巴《どもえ》の体位で、自分も先端に舌を這わせてきた。

鈴口に滲む粘液が舐め取られ、さらに彼女は張り詰めた亀頭をしゃぶった。

治郎も下から令嬢の腰を抱き寄せ、潜り込むようにして恥毛に鼻を擦り付けたが、もう大部分の匂いは薄れてしまっていた。

それでも割れ目内部からは新たな蜜汁がトロトロと湧《わ》き出し、彼は舌を這わせて潤いをすすり、光沢あるオサネも執拗に舐め回した。

「ンンッ……」

亀頭を含んでいた華枝が呻き、熱い鼻息でふぐりをくすぐりながら反射的にチュッと強く吸い付いてきた。

舌を蠢かせると、目の上にある桃色の肛門がヒクヒクと可憐に収縮した。オサネを舐められると、あまりおしゃぶりに集中出来ないようで彼女の吸引と舌の蠢きが止まった。

促すように幹を震わせると、また彼女が愛撫を再開してくれ、治郎は小刻みにズンズンと股間を突き上げはじめた。

「な、舐められると、思わず嚙んでしまいそうになります……」

すると華枝がスポンと口を離し、尻をくねらせて言った。

「では、見るだけにしますので、最後までして下さいませ。出来ましたら、飲んで頂けると嬉しいです。毒ではありませんので」

彼が舌を離して言うと、再び華枝は含んで顔を上下させはじめてくれたが、彼が見るだけにすると言ったので、逆に股間への熱い視線を意識したようで羞恥に息が弾《はず》んだ。

やがて彼は艶めかしい割れ目と肛門を間近に見上げながら股間を突き上げると、華枝も集中してスポスポと摩擦してくれた。

溢れた唾液がふぐりの脇を生温かく伝い流れ、たちまち治郎は二度目とも思えぬ大きな絶頂の快楽に貫かれてしまった。

「い、いく……、気持ちいい……！」

口走ると同時に、ありったけの熱い精汁がドクドクとほとばしると、

「ク……」

喉の奥を直撃された華枝が小さく呻き、それでも強烈な摩擦を続行して噴出を受け止めてくれた。

治郎は快感を嚙み締め、唇の摩擦の中で心置きなく最後の一滴まで出し尽くした。そしてすっかり満足しながら突き上げを止めてグッタリと力を抜くと、華枝も動きを停め、亀頭を含んだまま口に溜まった精汁をゴクリと一息に飲み込んでくれた。

「あう……」

喉が鳴ると同時に口腔が締まり、彼は駄目押しの快感に呻いて幹を震わせた。

ようやく彼女がチュパッと口を離し、指で幹を支えながら鈴口に滲む余りの雫までチロチロと丁寧に舐め取ってくれた。

「も、もういいです……」

彼が過敏に幹を震わせて言うと、彼女も舌を引っ込め、大仕事でも終えたように太い溜息をついた。すると、割れ目から溢れた蜜汁がツツーッと糸を引いて彼の顔に滴ってきたのだ。

（とうとう令嬢に飲ませてしまった……）

治郎は余韻の中で胸を震わせ、粘つく雫を舐めながら再びオサネを舐め回してやった。

「あ……、い、いい気持ち……、アアーッ……！」

すると華枝は、たちまちオサネへの刺激に気を遣ってしまい、声を上げながらガクガクと彼の顔の上で狂おしい痙攣を開始したのだった……。

五

（題名は、艶夢《えんむ》。筆名は、やはり相良武雄か……）

華枝と別れて帰宅した治郎は、少し遅めの昼食を済ませて二階に上がった。

そして下書きノートの作品が完成したので、買ってきた原稿用紙に新助の形見の万年筆で清書しはじめたのである。

前半は、淫気に悶々《もんもん》の中学生時代で妄想が主《おも》だったが、母娘をはじめ実際に女体を知りはじめたので、後半はかなり現実味を帯びた描写が出来るようになっていた。

もちろん眼鏡美女や令嬢の味や匂い、反応なども織り込み、相当に盛り上がった内容になっていると思う。

出版社に見せる清書だから気を遣い、二十行目あたりで書き損じがあると、原稿用紙を丸めてまた一行目から書き直した。そして夕方までに二十五枚ほどまで書き進んだが、大変に肩が凝《こ》った。

（いずれ下書き無しで、最初から原稿用紙に本番の文章を書き綴りたいものだ）

治郎はそう思い、いったん休憩して閉店の片付けを手伝った。

そして三人で夕食を済ませ、また二階に上がって続きを書いた。

やがて夜も更けると、階下で母娘も休んだようだ。

治郎も今日はそろそろ寝ようと思い、万年筆のキャップを閉めた。

すると、そこへそっと早苗が入って来たのである。

「ね、明日は昼過ぎまで休みをもらったから、一緒に百合子先生の家へ行って」

寝巻姿の彼女が言い、畳に座った。どうやら寿美代が寝たのを確認し、こっそり二階に上がってきたらしい。

「うん、いいよ。でも百合子先生の都合は大丈夫かな」

「実は今日、百合子先生と会ったのよ」

早苗が意味ありげに治郎を見つめて言い、彼はドキリと胸を震わせた。

「治郎さんは、華枝さんのお稽古に付き添うと言って出たのに、その百合子先生がお昼前にうちに寄るのはおかしいわ」

「そう……、それで？」

「もちろん私は、今日はお稽古ではないのと余計なことは訊かなかったわ。お母さんも忙しくて、百合子先生が来たのは知らないし、私はお店の外で少し話しただけ」

どうやら百合子は買い物の途中でミルクホールの前を通り、それを早苗が見つけて外に出て話したらしい。そのとき、明日来ても良いという許しを得たようだった。

「お稽古でなく、どこへ行っていたの？　華枝さんと会っていたのでしょう？」

「うん、実はそうなんだ。色々と相談事があるので聞いてほしいということで、六区の店で。でも二人きりで会うのが決まり悪いので、ピアノの稽古ということにして」

治郎も、華枝と会っていたという部分だけ正直に話した。

「相談事って、どんな？」

「近々、お嫁に行くから、せっかく頼んだ送り迎えのお仕事だけど、あと何回もないだろうから済まないって。それから、知らない男と一緒になるのは不安だけど、家には逆らえないから、男の気持ちというものをいろいろ教えて欲しいって」

「そう……、きっと早苗さんも、治郎さんが好きなんだわ……」

早苗が心配そうに言う。

「それはどうか分からないけど、どっちにしろ近々嫁《とつ》いでしまう人だし、相手も令嬢と釣り合いの取れる子爵の御曹司らしいよ。それで、誰かに話したかったんだろうと思う」

「男の気持ちって、どんなものだとお話ししたの？」

「それは、僕みたいな中等遊民と違って、相手は官僚になる男だろうから、とにかく忙しく、妻は家庭を守ることに専念するべきだと言ったよ」

「男女のすることについても訊かれた？」

早苗は、なかなか鋭《するど》い質問をしてきた。

「うん、何も知らないのだから、ひたすら受け身になって相手に任せれば良いって言っておいた」

「そう……、本当は治郎さんに捧げたかったんだわ……」

早苗は、自分ならそうするだろうと言っているようだった。

「無理だよ。ご令嬢を傷ものにするわけにいかないからね。ピアノだと嘘をついたことは済まないが、華枝さんの気持ちも分かってあげて」

「ええ、分かるわ。でも上流の家庭って、不自由で可哀想だわ。親の決めた人と一緒になって、その世界から逃れられないなんて」

早苗も納得したように言った。

華枝に同情の念が湧くのだから、もう機嫌も直ったのだろう。それに間もなく嫁ぎ、完全に住む世界も分かれる相手なのである。

「ね、早苗さんと接吻した？」

「するわけないじゃないか。人の多い六区の店で」

「そうね、ドレス姿じゃ目立って仕方がないわ」

早苗が笑みを洩らし、愛らしい笑窪を見せて言う。やはり二人でホテルを利用するとか、華枝が目立たぬよう地味な服装で来たなどということは思い付かないのだろう。

話が済むと、治郎は急激にムクムクと勃起してきた。

昼間、華枝の初物を頂いた一物を、すぐまた可憐な娘に向けるのも気が引けるが、湧き上がる淫気ばかりはどうしようもない。

そして男の気持ちも女の気持ちもなく、結局は男女とも、尤《もっと》もらしい嘘をつき合う生き物なのだろう。

「ね、接吻させて」

治郎が顔を寄せて囁くと、早苗も力を抜いて身を預けてきた。

そっと唇を重ねると、柔らかな感触と唾液の湿り気が伝わり、熱い息が鼻腔を湿らせた。

舌を挿し入れて歯並びと八重歯を舐めると、彼女も開いて舌を触れ合わせ、チロチロと遊んでくれるように小刻みに蠢かせてくれた。

治郎は激しく勃起しながら、美少女の清らかな唾液と吐息、滑らかな舌の感触を味わった。

ようやく唇を離すと、治郎は彼女を抱きすくめた。

「駄目よ、ここはお母さんの部屋の真上だから……」

すると早苗が嫌々をして言い、身を離してしまった。

「そ、そんな、少しだけでも……」

治郎は未練げに追い縋《すが》ったが、早苗は立ち上がった。

「じゃ明日、一緒に出ましょうね。おやすみなさい」

彼女は八重歯《やえば》を見せて笑いかけ、部屋を出て行ってしまった。

治郎も仕方なく、階段を下りる早苗の軽い足音を聞きながら、灯りを消して布団に横になった。

もちろん、もう今夜は寿美代が来るような様子もない。

一人で抜いてしまおうかとも思ったが、また明日に期待して、今夜は我慢しようと思った。

やはり絶大な女運が向いているので、自分でするより、一回でも多く生身を相手にしたい気持ちが強くなっているのである。

結局、治郎は興奮を鎮《しず》め、昼間の華枝の匂いや感触を思い出しながら、そのまま眠ったのだった……。

——翌朝、彼は日の出頃にしっかりと目覚め、起きて階下へ行った。もちろん母娘ともすでに起き、朝餉の仕度をしている。

治郎は厠を済ませて洗顔をし、三人で朝食を囲んだ。

「これ、百合子先生に持って行きなさい」

やがて食事と片付けを終えると、寿美代が早苗に菓子折を出した。店に出す和菓子で、まだ封を切っていないものである。

「じゃ、治郎さんお願いします。早苗も、あまり遅くならないようにね」

寿美代が二人に言い、仕度を調《ととの》えた治郎と早苗は、九時過ぎに家を出た。

店は、寿美代一人で切り盛りするようだが、早苗目当ての客はがっかりすることだろう。

それでも昼過ぎには、早苗も戻るつもりのようだった。

もちろん今までも、どちらかが所用で出ることもあり、一人でも何とか切り回せる程度の店である。

やがて二人は境内を横切り、住宅街の路地に入った。

「嬉しいな、百合子先生の家に行けるなんて」

早苗がはしゃぐように言う。

桃割れに髪を結い、着物姿で風呂敷包みを抱えた彼女は、明治以来からの家々の風景に良く似合った。

そして治郎は案内しながら百合子の家に着き、二人は招き入れられた。

「まあ、どうも有難う。主人は甘いものが好きだから喜ぶわ」

百合子は洋間で菓子折を受け取って言い、二人に紅茶を淹れてくれた。

「私もピアノ習いたいわ」

「お店が休みの日は来るといいわ。もう道は覚えただろうから」

百合子も早苗に答え、せがまれて一曲だけ、『乙女の祈り』を弾いてくれた。

治郎は清らかな旋律に聴き入りながら、この美しい眼鏡人妻と可憐な娘の、両方の肉体を隅々まで知っているのだと思うと、また股間が熱くなってきてしまったのだった。

第五章　人妻と少女に弄《もてあそ》ばれて

一

「まあ、赤ちゃんが泣いているわ」

早苗が言うと、すぐ百合子が立ち上がって奥の座敷へ入った。

すると赤ん坊を見たいのか、早苗も一緒に行ったので、治郎もあとから奥の部屋へと入った。

座敷には赤ん坊が寝て、添い寝のため百合子の布団も敷き延べられていた。

夜泣きすることもあるので、今は夫とは別の寝室らしい。

百合子はすぐに座って赤ん坊を胸に抱き、ブラウスのボタンを外して乳押さえをずらして白く豊かな乳房を露《あら》わにし、赤ん坊に乳首を含ませた。

赤ん坊もすぐに泣き止《や》み、百合子に優しく揺すられながら、間もなく眠り込んでしまった。

百合子は赤ん坊を寝かせ、乳房を仕舞おうとしたが、

「ね、私にも少しだけ」

突然の早苗の言葉にぎょっとしてしまった。

「まあ、いつまでも子供のようだわ……」

百合子も拒まず、早苗は彼女の胸に顔を埋め込んでしまった。乳首を含むと笑《え》窪《くぼ》の浮かぶ頬《ほお》をすぼめて吸い付きはじめた。

あまりの光景に治郎は言葉を失い、呆然と立ちつくしたままだった。

女学校時代から、早苗は姉のように百合子を慕《した》っていたのだろうが、それを見て治郎は激しく勃起してしまった。

「治郎さんもどう？」

百合子が熱っぽい眼差《まなざ》しで言ったが、早苗が嫌がるだろうと躊躇《ちゅうちょ》していると、その早苗が乳を吸いながら手を伸ばし、彼の手を握って引っ張ったのだ。

治郎は、妖《あや》しい雰囲気《ふんいき》に酔いしれるようにフラフラと従い、百合子のもう片方の乳首を含んだ。

すぐ近くでは、頬を上気させた早苗が乳を吸いながらじっと彼の目を見つめている。

治郎は、早苗の甘酸っぱい吐息と、甘ったるい百合子の体臭に包まれながら、夢見心地で薄甘い乳汁を吸って喉《のど》を潤《うるお》した。

百合子も優しく二人を胸に抱きながら、たまにビクリと肌を震わせる。

やがて、すっかり乳汁に酔いながら堪能《たんのう》した早苗が口を離したので、治郎も顔を上げた。

「二人とも、私のお乳を飲んだのだから、もう身内も一緒だわ。今度は、私が治郎さんを頂いてもいいかしら。その代わり、二人が一緒になるときは私と主人で媒酌人《ばいしゃくにん》を務めるわ」

「ええ、百合子先生なら構いません」

百合子が言うと、早苗もぼうっとした面持《おもも》ちで答えたのだ。

どうやら治郎などの知らぬ女学校という女の園で、百合子と早苗は、師弟や姉妹以上の特別な雰囲気を持ち続けてきたのかも知れない。

「もう二人は深い関係にあるということね。じゃ今日だけ、三人で楽しみましょう。治郎さん、脱いで。さあ私たちも」

百合子が言うと、早苗も熱に浮かされたように帯を解き、百合子もブラウスを脱ぎはじめていった。

（い、いいんだろうか……）

治郎は興奮と緊張にためらいながらも、脱いでゆく二人から漂う甘ったるい匂いに酔いしれ、黙々と脱ぎはじめていった。

まさか、こんな展開になるなど夢にも思わなかった。そして昨夜、無駄に一回抜かなくて良かったと思った。

何より最も気を遣うべき早苗が、勢いに流されて小さな胸を痛めるような心配もなく、嬉々《きき》として脱いでいるのだ。

あるいは以前から、百合子に特別な感情を抱き続け、男への好奇心と同じぐらい、こうしたことを望んでいたのではないだろうか。そして女神のように大らかな百合子も、相手の性別など関係ないほど、絶大な淫気に満たされているようだった。

二人が一糸《いっし》まとわぬ姿になってしまうと、やはり本気なのだと確信し、彼も下帯を解いて全裸になっていった。

「治郎さん、ここに寝て」

百合子が言い、彼は眼鏡美女の体臭の沁《し》み付いた布団に仰向《あおむ》けになった。もちろん彼自身は、雄々《おお》しくピンピンに屹立《きつりつ》していた。

そして二人が、左右から彼を挟んで身を寄せてきた。

「じゃ早苗さん、二人で一緒に頂きましょうね」

百合子が言って屈み込むと、早苗も同じようにし、同時に彼の左右の乳首がチュッと吸われたのだ。

「あう……」

二人の刺激に彼は思わず呻《うめ》き、ビクリと身を震わせた。

両の乳首に舌が這《は》い回り、熱い息が肌をくすぐった。そして強く吸われるたび刺激に肌が強《こわ》ばった。

「か、嚙《か》んで……」

思わず言うと、二人も綺麗な歯並びでキュッと乳首を挟み、咀嚼《そしゃく》するようにモグモグと嚙んでくれた。

「ああ、気持ちいい、もっと強く……」

治郎は、まるで二人の美女たちに食べられているような快感を得て喘《あえ》いだ。

男にとって、乳首がこんなにも感じるというのが新発見であった。

やがて二人は乳首を離れ、申し合わせたように肌を舐《な》め降りていった。彼が嚙まれるのを好んだと察したように、二人も舌を這わせながらたまにキュッと前歯を食い込ませてくれた。

二人の顔が股間に向かったが、まるで彼が日頃しているように、中心部を避け、二人は彼の脚を舐め降りたのだ。

そして足裏にも舌を這わせ、同時に爪先がしゃぶられ、順々にヌルッと指の股に舌が潜《もぐ》り込んできた。

「あう……、い、いいですよ、そんなことしなくて……」

治郎は申し訳ない快感に呻いて言ったが、二人は厭《いと》わず全ての指の間をしゃぶり、彼は生温かなヌカルミでも踏むような心地で、それぞれの唾液に濡れた舌を指先で挟み付けた。

しゃぶり尽くすと二人は顔を上げ、百合子が彼を大股開きにさせ、また二人で脚の内側を舐め上げてきたのだ。

内腿にもキュッと歯が食い込み、治郎は甘美な刺激に身悶《みもだ》えた。

二人が頬を寄せ合いながら股間に迫ると、混じり合った息が熱く籠もった。

すると百合子は、先に彼の両脚を浮かせ、尻の谷間を舐め回したのだ。

「あう……！」

ヌルッと舌が潜り込むと彼は思わず呻き、キュッと肛門で美女の舌先を締め付け付けた。

百合子は内部で舌を蠢《うごめ》かせてから離し、すかさず早苗が同じようにした。微妙に異なる感触が滑らかに侵入し、彼は味わうように締め付けた。

早苗も熱い鼻息でふぐりをくすぐり、内部で舌を蠢かせるたび、粘液を滲《にじ》ませた一物がヒクヒクと上下した。

やがて早苗が舌を離すと脚が下ろされ、二人は同時にふぐりにしゃぶり付き、股間に熱い息を混じらせながら、それぞれの睾丸を舌で転がした。

二人とも夢中で息を弾《はず》ませ、女同士の舌が触れ合うのも気にならず、むしろ望んで互いを舐め合いながら興奮を高めているようだった。

たちまち袋全体が二人分の唾液にまみれると、いよいよ二人は同時に肉棒へと身を乗り出してきた。

裏側を百合子が舐め、側面を早苗がたどりながら同時に先端まで達し、粘液の滲む鈴口がチロチロと二人がかりで舐められた。

まるで美しい姉妹が一緒にキャンディでもしゃぶっているような、あるいは女同士の接吻《せっぷん》の間に、一物が割り込んでいるかのようでもある。

さらに張りつめた亀頭が同時にしゃぶられると、

「ああ……、い、いきそう……」

治郎はすっかり高まり、腰をよじりながら喘いだ。

しかし百合子は愛撫を止めず、まるで母乳を飲んでもらったお返しのように亀頭を吸い、早苗も一緒になって舌を這わせた。

もう限界だった。二人がかりの愛撫だから絶頂も二倍の速さでやって来た。

「いく……！」

とうとう昇り詰めてしまい、治郎は溶けてしまいそうに大きな快感に包まれながら口走った。同時に、熱い大量の精汁がドクンドクンと勢いよくほとばしり、ちょうど含んでいた早苗の喉《のど》の奥を直撃した。

「ンンッ……」

噴出を受けた早苗が小さく呻いて口を離すと、すかさず百合子がしゃぶり付いて、余りを吸い出してくれた。

「あうう、気持ちいい……」

治郎は魂《たましい》まで吸い取られる心地で呻き、快感を味わいながら心置きなく最後の一滴まで出し尽くしてしまった。

百合子も頬をすぼめて全て吸い出し、ようやくスポンと口を離した。

そして幹を握り、余りを搾るようにしごきながら、鈴口に滲む雫《しずく》まで舐め回すと、もちろん第一撃を飲み込んだ早苗も一緒に舌を這わせた。

「く……、も、もういいです……」

治郎は腰をくねらせて言い、ヒクヒクと過敏に一物を震わせた。

ようやく二人も舌を引っ込め、淫らに舌なめずりしながら顔を上げた。

二

「さあ、回復するまで何でもしてあげるから言って」

身を投げ出して喘いでいる治郎に百合子が言うと、彼はその言葉に、すぐにもピクンと反応してしまった。

「じゃ、二人で足の裏を僕の顔に……」

余韻《よいん》に浸《ひた》りながら言うと、すぐにも二人は身を起こし、仰向けの彼の顔の左右に立った。

「いいのかしら、早苗さんの旦那さんになる人にこんなこと」

百合子は言いながら、早苗と一緒にそろそろと片方の足を浮かせ、互いに体を支え合いながら足裏を顔に乗せてきた。早苗も、まだ正式に求婚されたわけではないが、もうその気になっているだろう。

「ああ……」

治郎は、二人分の足裏を顔中で味わいながら喘いだ。

そして、それぞれの足裏に舌を這わせ、指の間に鼻を割り込ませて嗅《か》いだ。

どちらも生ぬるい汗と脂《あぶら》に湿り、ムレムレの匂いが濃厚に沁み付き、しかも二人分だから彼の鼻腔が悩ましく刺激された。

彼は混じり合った匂いに酔いしれながら、それぞれの爪先《つまさき》をしゃぶり、全ての指の股に舌を割り込ませて味わった。

「あん……」

早苗が声を洩《も》らし、思わずギュッと踏みつけながら百合子にしがみついた。

やがて足を交代してもらい、彼はそちらの足指の間も二人分、全て味と匂いを貪《むさぼ》り尽くしたのだった。

「じゃ、跨《また》いでしゃがんで下さい……」

口を離して言うと、やはり先に百合子が跨がり、厠《かわや》に入ったようにゆっくりとしゃがみ込んできた。

脚がM字になると、脹ら脛と内腿がムッチリと張り詰め、すでに濡れている割れ目が彼の鼻先に迫ってきた。

はみ出した陰唇が僅《わず》かに開き、息づく膣口と、光沢あるオサネが覗《のぞ》いていた。

腰を抱き寄せて茂みに鼻を埋め込むと、汗とゆばりの匂いが混じって生ぬるく鼻腔を掻《か》き回し、治郎は胸を満たして舌を這わせていった。

淡い酸味のヌメリを味わい、息づく膣口を舌で掻き回し、オサネまで舐め上げていくと、

「アアッ……、いい気持ち……！」

百合子が熱く喘ぎ、懸命に両足を踏ん張りながら新たな淫水を漏らしてきた。

治郎はチロチロと舌先で弾《はじ》くようにオサネを刺激しては、トロトロと滴《したた》る蜜汁をすすった。

さらに尻の真下に潜り込み、顔中にひんやりした双丘を受け止めながら、谷間に閉じられ、レモンの先のように突き出た蕾《つぼみ》にも鼻を埋めて悩ましく蒸れた匂いを貪った。舌を這わせてヌルッと潜り込ませ、滑らかな粘膜を味わうと、

「あう……」

彼女が呻き、キュッときつく肛門で舌先を締め付けてきた。

そして百合子の前も後ろも存分に味わって舌を離すと、彼女も名残惜《なごり》しそうに股間を引き離し、早苗のために場所を空けた。

すると早苗もすぐに跨がってしゃがみ込み、濡れた割れ目を迫らせてきた。

治郎は腰を抱き寄せ、若草の丘に鼻を擦りつけて蒸れた匂いで鼻腔を満たし、舌を挿し入れて幼い蜜汁を探った。

膣口の襞からオサネまで舐め上げ、チュッと吸い付くと、

「あん……！」

早苗が声を上げ、クネクネと腰をよじらせながら可愛らしい汗とゆばりの匂いを揺らめかせた。

治郎も味と匂いを堪能し、尻の真下に潜り込んだ。双丘の谷間に鼻を埋めて蒸れた匂いを嗅ぎ、蕾に舌を這わせてヌルッと潜り込ませると、

「く……」

早苗が呻いて肛門を締め付けた。

すると、いつの間にか百合子が一物に屈み込み、スッポリ含んで舌をからませてきたのである。

もちろん彼自身も、二人分の味と匂いにすっかり回復している。

治郎は百合子の舌の蠢きと吸引に幹を震わせながら、早苗の前と後ろを存分に味わったのだった。

百合子も、たっぷりと唾液にまみれさせると口を離し、待ち切れないように跨がり、先端を膣口に受け入れて座り込んできた。

「アアッ……！」

ヌルヌルッと根元まで嵌《は》め込むと、百合子は股間を密着させて喘いだ。

そして仰向けの彼の顔にしゃがみ込んでいる、早苗の背に縋《すが》り付きながら、すぐにも腰を遣いはじめたのだ。

治郎も肉襞の摩擦と温もり、潤いと締め付けに包まれ、快感を味わいながら早苗の股間を味わった。

二人の口に射精したばかりだから、しばらくは暴発の心配もないだろう。

「す、すぐいくわ……、アアーッ……！」

たちまち百合子は声を上ずらせ、ガクガクと狂おしい痙攣《けいれん》を開始した。

どうやら相当に欲求を溜め込み、挿入した途端《とたん》に気を遣ってしまったらしい。

吸い付くような膣内の収縮にも堪《た》えきり、やがて百合子が満足して動きを停めると、それ以上の刺激を避けるように股間を引き離して横になった。

すると早苗も彼の上を移動し、百合子の淫水にまみれて淫《みだ》らに湯気さえ立てている先端に跨がり、割れ目を押し当ててきた。

自分で位置を定めると、ゆっくり腰を沈めて膣口に彼を受け入れていった。

「あう……」

早苗が呻き、股間を密着させてキュッときつく締め上げてきた。

もう初回ほどの痛みもなく、それに大人《おとな》の絶頂を目《ま》の当たりにし、百合子の快感が伝わったかのように早苗は根元まで嵌め込んだ。

治郎も、百合子よりきつい膣内と熱いほどの温もりに包まれながら、両手を伸ばして彼女を抱き寄せた。

そして身を重ねてきた早苗の胸に潜り込み、桜色の乳首を吸って舐め回し、顔中で張りのある膨《ふく》らみを味わった。

まだ動かず、両の乳首を交互に舐めてから腋《わき》の下にも鼻を埋め、生ぬるく湿った和毛《にこげ》に籠もる、甘ったるい汗の匂いに噎《む》せ返った。

そして両膝《ひざ》を立てて尻を支え、徐々にズンズンと股間を突き上げると、

「アア……」

早苗が喘いだが、ヌメリが豊富なのですぐにも動きは滑らかになっていった。

「大丈夫？」

「ええ……」

訊くと早苗は答えたが、まだ百合子のように大きな絶頂は得られないだろう。

治郎は次第に勢いを付けて動きながら、隣で余韻に浸っている百合子も引き寄せ、また母乳の滲んでいる乳首を吸い、腋の下にも鼻を埋めて濃厚に甘ったるい汗の匂いを貪った。

さらに二人の顔を抱き寄せて、それぞれに唇を重ねて舌をからめると、いつしか百合子もピッタリと押し付け、三人で舌を舐め合うことになった。

混じり合った息に顔中が生ぬるく湿り、彼は滑らかに蠢く舌を味わい、滴る唾液を味わって喉を潤した。

「唾を垂らして……」

言うと二人も懸命に唾液を溜め、交互に口を寄せてトロトロと吐き出してくれた。彼は味わって飲み込み、甘美な悦《よろこ》びで胸を満たしながら、うっとりと酔いしれた。

「顔中もヌルヌルにして……」

さらにせがむと、二人も大胆に舌を這わせ、唾液を垂らしながら彼の頬や鼻を舐め回し、生温かな唾液にまみれさせてくれた。

「アア……」

治郎は快感に喘ぎ、突き上げを激しくさせていった。

百合子の肉桂《にっき》臭の吐息に早苗の果実臭が混じり、鼻腔が悩ましく刺激された。

呼吸するたび、美女たちのかぐわしい吐息だけを感じるというのも、実に贅沢《ぜいたく》なものである。

しかし、途中で早苗が降参するように動きを停めた。

「も、もう駄目……」

やはり絶頂には届かないようで、治郎もすっかり高まったが、まだ絶頂には達しなかった。

やがて突き上げを止めると、早苗もそろそろと股間を引き離した。

「じゃいっぺん洗いましょうか」

すっかり余韻から覚めた百合子が言い、早苗を支えて身を起こしていった。

治郎も立ち上がり、二人分の淫水にまみれた一物を勃起させながら、三人で風呂場へと移動した。

百合子が風呂桶に溜まった残り湯で、女同士股間を洗い、彼の一物も流してくれた。

治郎は簀《す》の子《こ》に腰を下ろし、二人を左右に立たせた。

三

「こうして、僕の肩を跨いで」

治郎が言うと、百合子と早苗も素直に彼の肩に跨がり、左右から股間を顔に突き出してくれた。

「じゃオシッコ出して」

さらに言うと、二人はすぐにも息を詰めて下腹に力を入れ、尿意を高めはじめたようだった。

それぞれの割れ目に鼻と口を押し付けたが、大部分の匂いは薄れてしまった。

それでも二人とも、舐められると新たな蜜汁を溢れさせ、淡い酸味のヌメリで彼の舌の動きを滑らかにさせた。

「ああ、出るわ……」

百合子が言って脚を震わせると、後《おく》れを取るまいと早苗も懸命に力を込めた。

すると百合子の割れ目内部が迫《せ》り出すように盛り上がり、チョロチョロと熱い流れがほとばしってきた。

最初から勢いが良く、治郎は口に受けて味わい、匂いに酔いしれながら喉を潤した。

すると反対側の方に温かな雫が滴り、間もなく流れとなって注がれてきたので治郎はそちらにも顔を向けて早苗の流れを味わった。

「アア……」

二人とも熱く喘ぎながらゆるゆると放尿し、彼は二人分の流れを味わい、身体中に浴びて勃起した幹を震わせた。

こんなに贅沢な快楽は、一生に一度きりかも知れない。

やがて二人とも勢いを弱め、間もなく流れが治まってしまった。

治郎は残り香の中、左右の割れ目の雫をすすり、交互に割れ目内部を舐め回した。すると二人とも、すぐにも新たな淫水を漏らしてきた。

舌を引っ込めると二人はしゃがみ込み、もう一度三人で全身を流してから身体を拭き、また部屋の布団に戻っていった。

「ね、私の中でいって……」

百合子が貪欲《どんよく》に求めて言い、仰向けになり股を開いた。

治郎が腹這い、割れ目に顔を寄せると、隣から早苗も顔を割り込ませてきた。

治郎は指を当てて陰唇を広げ、中身まで見せてやった。

「綺麗な色。私のもこう？」

「うん、早苗ちゃんのも綺麗な色だよ」

早苗が同性の股間に目を凝《こ》らしながら、甘酸っぱい息を弾ませて訊いた。

治郎は囁き、百合子の割れ目を舐めたが、もう唾液の補充も要《い》らないほど膣口は大量のヌメリにまみれていた。

「舐めてみる？」

「うん……」

言うと早苗が舌を伸ばし、百合子のオサネをチロチロと舐め回した。

「アアッ……、は、早く入れて……」

百合子がクネクネと腰をよじらせてせがんだ。

やがて治郎が身を起こすと、早苗も股間を離れて彼女に添い寝した。彼は股間を進め、幹に指を添えて先端を割れ目に擦り付け、潤いを与えてからゆっくり膣口に押し込んでいった。

ヌルヌルッと根元まで呑み込まれていくと、

「あう、いいわ……!」

百合子がビクッと顔を仰《の》け反《ぞ》らせて声を上げ、彼も股間を密着させていった。

脚を伸ばして身を重ねると、百合子が下から両手でしがみつき、すぐにもズンズンと股間を突き上げてきた。

治郎も胸で豊かな乳房を押し潰し、その弾力を味わいながら徐々に腰を遣いはじめた。

熱く濡れた肉襞の摩擦が心地よく、数々の体験ですっかり高まっている彼は動きが止まらなくなり、いつしか股間をぶつけるほど激しく腰を突き動かしはじめていた。

「アア、いきそうよ、もっとつよく……!」

百合子が収縮を強めていい、添い寝している早苗は圧倒されながら、息を詰めて二人の行為を見守っていた。

治郎も絶頂を迫らせ、上から百合子に唇を重ねて舌をからめ、肉桂臭の刺激を含んだ吐息に高まった。

さらに隣にいる早苗の口にも鼻を擦り付け、甘酸っぱい果実臭と唾液の香りに酔いしれ、とうとう激しく昇り詰めてしまったのだった。

「く……、気持ちいい……！」

治郎は大きな絶頂の快感に口走り、ありったけの熱い精汁をドクンドクンと勢いよくほとばしらせ、柔肉の奥深くを直撃した。

「ヒッ……、いく……！」

噴出を感じた百合子も息を呑み、そのままガクガクと狂おしく全身を痙攣させて気を遣ってしまった。

さらに彼女は腰を跳ね上げ、治郎は全身を上下に揺すられながらも快感を嚙み締め、心置きなく最後の一滴まで出し尽くしていった。

すっかり満足しながら徐々に動きを弱め、力を抜いて百合子にもたれかかっていくと、

「ああ……、良かったわ、すごく……」

百合子も満足げに声を洩らし、肌の強ばりを解きながらグッタリと身を投げ出していった。

治郎は収縮する膣内に刺激され、射精直後で過敏になっている幹をヒクヒクと跳ね上げた。すると百合子も敏感になり、キュッときつく締め付けてきた。

さすがに百合子も、彼の上と下で一回ずつ果てたので、すっかり深い満足が得られたようだった。

そして彼は、二人分のかぐわしい吐息を嗅いで鼻腔を刺激され、うっとりと酔いしれながら余韻を味わったのだった。

こんな騒ぎにも、赤ん坊は安らかに眠り続けている。

「私も、こんなふうに気持ち良くなれるのかしら……」

見ていた早苗が、嘆息《たんそく》しながらぽつりと言った。

四

(出来た。ちょうど八十枚か……)

治郎は万年筆のキャップを閉め、清書を終えて力を抜いた。

あれから昼過ぎに早苗と一緒に帰宅した治郎は余韻の中でも懸命に執筆に戻っていた。

そして夕餉と入浴を済ませた治郎は、あと少しだからと頑張って清書を仕上げたのである。

あとはどこへ持ち込むか決めないといけないが、出版社の知り合いはいないし新助の同僚などは新聞記者だから無理である。

三田文学に関わっていたという直樹も、もう九州へ帰ってしまっただろう。

大学の同人誌でも構わないので、今度太郎に会ったら訊いてみようと治郎は思った。

すると階段に足音がして、寿美代が来た。

「今夜、来てくれるかしら」

寝巻姿で、熱っぽい眼差しを向けて言う。もちろん治郎が昼間、早苗や百合子と濃厚な行為に耽っていたなど夢にも思わないだろう。

「分かりました」

治郎も、相手さえ変われば急激に淫気を湧かせてしまう。

「早苗も、お風呂から出たらすぐに寝るだろうから」

「はい、ではあとで降ります」

彼は言い、寿美代も静かに降りていった。

治郎は八十枚の原稿を束ね、階下に耳を澄ませ、早苗が部屋に引っ込むのを待った。

今夜は、二人を相手に強烈な体験をしたので、本来なら余韻の中で眠ろうと思っていたのだが、寿美代の熟れ肌が抱けるのなら、その方が良い。

やがて様子を窺《うかが》っていると、早苗が風呂から上がり、部屋に入ったようだ。

あとは寝るだけだろう。治郎は少し待ってから、やがてそろそろと足音を忍ばせて階段を下りていった。

すぐに寿美代が部屋に招いてくれ、彼も期待に勃起した。

「早苗は疲れているようだから、すぐ眠ると思うけど、なるべく静かに」

寿美代が熱い息で囁く。

確かに早苗は相当に疲れ、治郎と百合子との三人での濃厚な戯《たわむ》れを堪能し、しかも帰宅してからは店も忙しかったので、今夜はすぐ寝ることだろう。

寿美代が帯を解いて寝巻を脱ぎ去り、白い熟れ肌を露わにすると、彼も同じように手早く全裸になった。

彼女が布団に仰向けになったので、治郎はまず彼女の足裏に舌を這わせ、形良く揃った足指に鼻を押し付けた。

「あう、そんなところはいいから……」

寿美代が声を潜めて言ったが、治郎からすればやはり女体を味わう上で通らなくてはならない場所である。彼は蒸れた匂いを貪り、爪先にしゃぶり付くと指の股に籠もった汗と脂の湿り気を味わった。

寿美代はまだ入浴前で、全身に生ぬるく濃い体臭が沁み付いていた。

彼は舌を割り込ませ、左右の足の匂いと味を堪能してから股を開かせ、脚の内側を舐め上げていった。

スベスベで白くムッチリした内腿をたどり、股間に迫るとすでに割れ目が大量の淫水にまみれていた。

堪らずに顔を埋め込み、柔らかな茂みの隅々に籠もる汗とオシッコの匂いを貪り、舌を這わせて生ぬるいヌメリを掻き回した。

匂いに酔いしれながら柔肉をたどり、突き立ったオサネまで舐め上げると、

「アア……、いい気持ち……」

寿美代が喘ぎ、内腿で彼の両頰を挟み付けてきた。

さらに彼は両脚を浮かせ、尻の谷間に鼻を埋め、顔中に密着する双丘の弾力を味わいながら蕾に籠もった匂いで鼻腔を満たした。

舌を這わせてヌルッと潜り込ませると、

「あう、そこもいいわ……」

寿美代が呻き、肛門で舌先を締め付けたので、彼も内部で懸命に舌を蠢かせ、滑らかな粘膜を探った。

「お、お願いよ、入れて……」

前も後ろも味わうと、寿美代が待ちきれずに声を潜めてせがんだ。

彼もすでに高まりきっており、身を起こして股間を進めた。幹に指を添えて先端を割れ目に擦り付け、潤いを与えてからゆっくり膣口に挿入していった。

ヌルヌルッと滑らかに根元まで押し込むと、

「アア……、いいわ、奥まで感じる……」

寿美代がキュッと心地よく締め付けながら喘いだ。

治郎も温もりと感触を味わい、股間を密着させて身を重ねた。

屈み込んで左右の乳首を交互に舐め回し、顔中で豊かな膨らみを味わい、さらに腋の下にも鼻を埋め込み、腋毛に籠もった濃厚に甘ったるい汗の匂いで胸を満たした。

すると寿美代がしがみつき、激しく股間を突き上げはじめた。

治郎も腰を遣いはじめ、上から唇を重ね、舌をからめた。

「ンンッ……！」

寿美代は彼の舌に吸い付いて呻き、燃えるように熱い息を弾ませた。

治郎も心地よい摩擦と締め付けを味わいながら、律動を強めていった。しかし、途中で寿美代が動きを停めた。

「待って……、お尻の穴に入れてみて……」

意外なことを言ってきたので、彼も驚いて硬直《こうちょく》した。

「え？　大丈夫かな……」

「一度してみたかったの……」

寿美代が言い、彼も興味を覚えた。そして身を起こし、そろそろと股間を引き離すと、彼女が自ら両脚を浮かせて抱えた。

見ると、割れ目から伝い流れる淫水が肛門までヌラヌラと潤わせていた。

治郎は股間を進め、先端を蕾に押し当てた。

「いいわ、来てみて……」

寿美代が口呼吸で言い、懸命に括約筋《かつやくきん》を緩《ゆる》めた。彼も機を見計らい、グイッと押し込んでいくと、ゆっくりと張り詰めた亀頭は蕾を丸く押し広げて潜り込んでいく。襞が伸びきり、今にも裂けそうに張り、光沢を放った。

「あう、いいわ、奥まで……」

彼女が言うので、治郎もズブズブと根元まで押し込んでいった。

確かに膣内ほどの潤いはないが、ちゃんと入るものだ。

さすがに入り口の締め付けはきついが、中はそれほどでもなく、思っていたほどのベタつきもなく、むしろ滑らかだった。

治郎は、寿美代の熟れた肉体に残った、最後の処女の部分を味わい、内部で幹を震わせた。

股間に密着する、白く豊満な尻の弾力も心地よい。

「動いて、強くして構わないから」

寿美代が蕾を収縮させながら言う。痛みよりも、膣とは違う何らかの充足感や快感が得られているのだろう。

彼も様子を見ながら徐々に動いてみた。引くと引っ張られ、突くとどこまでも深く入りそうである。

すると寿美代は自ら乳首をつまんで膨らみを揉みしだき、もう片方の指では空いている割れ目をいじり、ヌメリを付けた指の腹でクリクリとオサネを擦りはじめたのである。

「い、いきそう……、いい気持ち……、アアッ……！」

寿美代はガクガクと狂おしい痙攣を開始しながら、乳首をいじっていた手を離して口を押さえた。

どうやら気を遣ってしまったようだが、それは肛門の感覚というより、初めての経験と、自らいじったオサネによる快感かも知れない。

治郎も心地よかったが、先に寿美代が果ててしまったので、いきそびれてしまった。何しろ昼間二回射精しているので、簡単には昇り詰めなくなっていたのだろう。

「ああ……」

寿美代が声を洩らし、グッタリと四肢を投げ出した。

すると肛門が収縮し、内圧で彼自身が押し出され、ツルッと抜け落ちてしまった。何やら美女に排泄されたような興奮が湧いた。一物に汚れの付着はなかった。

見ると丸く開いた肛門が粘膜を覗かせていたが、見る見る閉じられて、元の可憐な蕾に戻っていった。

「さあ、洗った方がいいわ……」

余韻を味わう暇もなく寿美代が言って身を起こしたので、彼もフラつく彼女を支えながら立ち上がり、そっと部屋を出て風呂場へ行った。互いに湯を浴びると寿美代が石鹸《せっけん》を泡立て、椅子に掛けた彼の一物を洗ってくれた。

さらに湯を掛けてシャボンを落とし、

「オシッコしなさい。中も洗い流した方がいいわ」

言われて彼も、勃起しながら懸命に尿意を高めた。何とかチョロチョロと出しきると、また彼女が湯を掛けて屈み込み、消毒でもするようにチロリと鈴口を舐めてくれた。

「ああ、寿美代小母さんもオシッコしてみて……」

治郎は幹を震わせて言い、目の前に彼女を立たせた。そして片方の足を浮かせて風呂桶のふちに乗せ、開いた股間に顔を埋めた。

匂いは薄れてしまったが、まだ膣で果てていないせいか、淫水の量はさっきより増していた。

「アア、無理よ、そんなこと恥ずかしくて……」

寿美代は言ったが、肛門挿入と同じく、普段しないことへの好奇心と興奮が湧いてきたようだった。

「少しだけなら出るかも知れないけど、顔にかかるわ……」

「構わないので、して下さい」

治郎は答え、オサネに吸い付いた。

「あう、吸うと出そう……、アア……」

寿美代が声を震わせるなり、チョロチョロと熱い流れがほとばしってきた。

治郎は淡い味と匂いを堪能し、喉に流し込んで胸を満たした。

「く……、駄目……」

寿美代は呻き、腰をくねらせるたび流れが揺らいで彼の顔をビショビショにさせた。

しかし、あまり溜まっていなかったようで間もなく流れは治まり、彼は残り香の中で余りの雫をすすって割れ目内部を舐め回した。

「も、もう堪忍……」

寿美代が言って脚を下ろし、座り込んでしまった。治郎が勃起した先端を彼女の口に突き付けると、彼女も張り詰めた亀頭をくわえ、

「ンン……」

熱く鼻を鳴らしながら舌をからめてくれた。

「ね、今度は前に入れたい」

治郎は、たっぷりと唾液にまみれた一物を引き抜いて言い、簀の子に仰向けになっていった。

するとと寿美代も跨がり、先端を膣口にあてがうと、ヌルヌルッと根元まで滑らかに受け入れていったのだった。

やはり早苗の部屋に近い座敷より、風呂場の方が声も届かないだろう。それに湯の音が聞こえても、寿美代が寝しなに入っていると思うだけである。

「アアッ……、いいわ、やっぱりこの方が……」

寿美代も完全に座り込んで喘ぎ、締め付けながら身を重ねてきた。

治郎も両膝を立てて豊満な尻を支え、下から両手を回して抱き留めた。

そして顔を引き寄せて唇を重ね、ネットリと舌をからめながらズンズンと股間を突き上げはじめた。

「ク……」

彼女も熱く呻き、腰を遣って合わせながら、大量のヌメリで律動を滑らかにさせていった。

さっきまでの行為が下地を作り、膣内はすぐにも艶めかしい収縮を開始した。

「い、いく……、アアーッ……！」

口を離した寿美代が声を上げ、淫らに唾液の糸を引きながらガクガクと狂おしい痙攣を繰り返した。

治郎も、彼女の白粉《おしろい》臭の吐息を間近に嗅ぎながら昇り詰めてしまい、ありったけの熱い精汁をドクンドクンとほとばしらせてしまった。

「アア、出ているのね、もっと……」

噴出を感じた彼女が駄目押しの快感に喘ぎ、治郎も快感を嚙み締め、最後の一滴まで出し尽くしていった。

二人とも満足して動きを停めると、寿美代も熟れ肌の硬直を解いてグッタリともたれかかった。治郎は息づく膣内でヒクヒクと幹を過敏に震わせ、かぐわしい美女の吐息を嗅いで鼻腔を満たしながら、うっとりと快感の余韻に浸り込んでいったのだった。

五

「これ、披露宴の招待状ですの。お二人にはぜひお越し頂きたくて」

百合子の家で、華枝が彼女と治郎に手紙を渡してきた。

今日も治郎は六区の電気館脇で華枝と待ち合わせ、一緒にピアノの稽古に来ていたのである。

「まあ、もう決まったのですか。いつ……」

「三日後です」

「そ、そんなに急に……？」

百合子の唐突な結婚に、治郎は驚いていた。

ここへ来る道々では、そんな話などは出ず、治郎も先日のホテルでの行為を思い出して胸を熱くさせていたのだが、どうやら華枝は彼と百合子の、二人同時に伝えたかったようだ。

そうなると、ピアノの稽古も今日が最後になるのだろう。

「ええ、旦那様の洋行が急に決まったので、是非その前に挙式をと」

「洋行ですか。新婚でいきなり旦那様だけ？」

「はい、でも一年間ですし、一人の留守番の方が気楽です。それに、新居にピアノがあるので、百合子先生の方から来て頂けると嬉しいです」

夫の留守を慮《おもんぱか》ったのか、新居は彼女の実家に近い本郷界隈らしい。

招待状を見ると、披露宴は麹町《こうじまち》区の内山下町《うちやましたちょう》（現・内幸町《うちさいわいちょう》）にある帝国ホテルとなっていた。地図も入っており、ホテルは華族会館（旧・鹿鳴館《ろくめいかん》）に隣接しているようだ。

「何だか、緊張するなあ……」

「私も一緒だから大丈夫。文士修業として、大きな披露宴も勉強になるわ」

治郎が呟《つぶや》くと、百合子が言ってくれた。

「それにしても、急でしたわね」

「ええ、旦那様にしてみれば、戻ってきたときに私に子がいるのが理想なのですって」

百合子に言われ、華枝が答えた。

華枝も、まだ一度しか会っていない相手なので、一人の留守番は苦に思っていないらしい。

しかし夫の方は、初夜で孕《はら》めば良いと思っているようで、ろくに楽しみもせず出産して広がった産道と再会したいのかと治郎は思った。

まあ、治郎のように淫気や情交が全てで生きている男ばかりではないということなのだろう。

とにかく一年間も一人で留守番なら、また治郎と会ってくれる機会もあるかも知れないと彼は期待してしまった。

そして、すでに華枝が治郎の子を宿していたらと思うと、何やら上流階級への密かな抵抗のような気もした。もちろんそんなことになっても、華枝は決して誰にも言わないことだろう。

やがてピアノの稽古が始まったので、治郎は百合子の夫の書斎で読書に耽《ふけ》った。

聴いていると、華枝の上達ぶりは目覚ましく、何やら三日後の披露宴で『乙女の祈り』を弾いても大丈夫なような気がした。

一時間の稽古が終わると、治郎も招かれて洋間で紅茶を飲んだ。

「では、本郷へご教授に来て下さる件も、お考えおき下さいませ」

「ええ、まずは披露宴を楽しみにしていますわ」

二人は話し合い、やがて帰ることとなったが、華枝が厠を借りた。

「もう出なくなるわ。吸って……」

すると百合子が言って胸を開き、白く豊かな乳房を突き出してきた。

（うわ……）

治郎は驚きながら、急激な淫気を湧かせ、百合子の貪欲さに圧倒された。

彼は吸い寄せられるように顔を胸に寄せて乳首を吸い、生ぬるく薄甘い乳汁を吸い出して喉を潤した。

乳汁と体臭の混じった甘ったるい匂いに加え、百合子の肉桂臭の吐息も感じながら彼自身はムクムクと最大限に勃起してしまった。

確かに、乳汁はあまり分泌《ぶんぴつ》されないようになっていた。

彼女も厠の方に気を回しながら、両の乳房を露わにし、交互に吸わせた。

「ああ、いい気持ちよ。でも、いくら感じても今日は無理ね。披露宴の日、何とか部屋を取っておくので、そのときにゆっくり」

百合子が息を弾ませて言い、やがて厠から出てくる物音がしたので手早く乳房をしまった。

治郎も懸命に勃起を抑えようと深呼吸したが、まだ華枝は縁側で手水を使っているだろう。

ようやく二人とも呼吸を整えたところで、華枝も戻ってきた。

「では披露宴の日はミルクホールに寄るので、六区から一緒にタクシーで参りましょうね」

百合子が治郎に言い、彼も頷いて華枝と出た。

「本当に、急で驚きました」

「ええ……、断る理由もないし、すぐ洋行するというのも決め手の一つでした」

歩きながら治郎が言うと、華枝も答えた。

それなら親に逆らわず、一年ばかり自由が延びるのだから、華枝にとっても良かったのだろう。

ただ、その前に初夜もあるし、出発までは何度か情交するのだろうが、それは夫婦なのだから仕方がない。華枝も生娘《きむすめ》のふりぐらい出来るだろう。それぐらいの強《したた》かさは備えているように思えた。

「これからは、こうして一緒に歩けないのは寂しいけれど……」

「ええ、仕方ないですね」

華枝が俯《うつむ》いて言い、彼も甘い風を感じながら答えた。

やがて住宅街を抜けると二人は少し離れて歩き、やがて六区に来ると、彼女は待機していたタクシーに乗り込んで、チラと彼に視線を送ってから走り去っていった。

ミルクホールに戻ると、割りに空《す》いていたので治郎はカウンターに座った。

「お嬢様のお稽古は順調？」

寿美代が、ミルクを温めながら訊いてきた。

「ええ。ですが、送り迎えも今日で終わりです」

「まあ、まだ始まったばかりなのに」

治郎が言うと、彼女は目を丸くした。

「三日後にご結婚されることになったと。僕も招かれたんです。これ」

彼が言って招待状を出すと、寿美代も開いて見た。

「それは急なことね……。何か急ぐ訳でも？」

「旦那になる人の洋行が迫ってるということで」

「そう、きっと立派な人なんでしょうね。帝国ホテルなら、うちの人の紋付き袴で行くといいわ」

寿美代が言ってくれ、何を着ようか迷っていた彼も安心した。

そして早苗も、華枝の婚儀の話を聞いて驚きながらも、どこか安心した表情を浮かべていた。これでもう、治郎と華枝に要らぬ悋気《りんき》を湧かせる必要もないからだろう。

やがてミルクを飲んだ治郎は、奥へ入ると昼餉を済ませて二階へ上がった。

（そうか、結婚か。互いの親が決めたとはいえ、相手の男は、彼女が美しいので

（きっとその男は、華枝を抱けることが嬉しくて堪らず、あれもしようこれもしようなどと思いながら、何度となく手すさびに耽っていることだろう。

いや、上流のことだから、何も知らないままぎこちなく接吻だけして、すぐにも挿入し、華枝が痛い思いをするのではないかとも思った。

治郎のように爪先や肛門など舐めないような、それ以前に割れ目さえ舐めない男だったら華枝が気の毒である。

もっとも、それが普通だと教え込んでしまったのは治郎なのであるが。

とにかく治郎は清書を読み返したり、華枝との思い出に耽りながら時を過ごしたのだった。

それから三日間は、何事もなかった。太郎が来ることもなく、夜に早苗や寿美代と情交することもないのである。まあ、今までがあり過ぎたから、これが普通なのだろう。

そして披露宴の当日、朝餉を済ませ風呂場で水を浴びた治郎は、新しい下帯を着け、寿美代が出してくれた紋付き袴に身を包んだのである。

「立派よ。見違えるようだわ」

寿美代は草履を出してくれながら言い、早苗も惚れ惚れと見つめていた。

「では、行って参ります」

治郎が言うと、ちょうど礼服に髪を結った、眼鏡の百合子も店の前に来た。

和装の百合子を見るのは初めてである。

百合子も母娘に挨拶《あいさつ》し、やがて治郎と一緒に出ると、六区でタクシーを拾《ひろ》い、昼前には帝国ホテルへと行ったのだった。

第六章　果てなき快楽に生きる

一

（すごい人だな……）

治郎は、百合子と一緒に受付で祝儀《しゅうぎ》を渡し、記帳をしてから披露宴会場に入って目を見張った。

和洋入り乱れた装《よそお》いの老若男女《ろうにゃくなんにょ》が、広い会場にひしめいている。

百合子が、どうやら教師仲間を見つけたらしく、そちらへ行ってしまったので治郎は、同年配の男でもいないかと見回した。

すると、一人の女性係員が彼のところへ来て言った。

「あの、和田治郎様というのは……」

「あ、僕ですが何か」

「控え室で、新婦様がお待ちでございます。こちらへ」

言われた治郎は、いったん会場を出て奥へと案内してもらった。ノックすると返事があったので、治郎だけ中に入り、係員は辞儀《じぎ》をして会場に戻っていった。

中には、白い花嫁ドレスにベールを掛けた華枝が立っていた。他には誰もおらず、彼女はすぐ治郎のそばに駆け寄ってきた。

「ようこそ。お会いしたかった……」

「いよいよですね。綺麗ですよ、とっても」

彼女がベールをめくり、熱っぽい眼差《まなざ》しで言うと彼も答えた。

「どうか、披露宴の前に一度だけキッスを……」

華枝が、熱い花粉臭の吐息を弾《はず》ませて言い、顔を寄せてきた。

こんな大事な日に良いのだろうかと思ったが、甘い匂いに彼もゾクゾクと淫気を催《もよお》してしまった。華枝もまた、こんな日だからこそ、披露宴の直前に最後の思い出を胸に刻みたいのだろう。

「紅《べに》が溶けるので、舌を……」

彼女が言って口を開くと、チロリと桃色の舌を伸ばしてきた。

治郎も舌を伸ばして触れ合わせると、彼女がチロチロと蠢《うごめ》かせた。

彼は生温かな唾液に濡れ、滑らかにからみつく令嬢の舌を味わい、甘い吐息にうっとりと酔いしれながら勃起した。

やがて彼は令嬢の吐息と唾液を充分に味わうと、華枝が顔を引き離した。

「まだ時間はあるわ。どうか、これを一目だけでも」

華枝が囁《ささや》き、大胆に彼の股間に触れてきたではないか。

ドアには内側から鍵を掛けたし、誰かが呼びに来るまでは間があるのだろう。

治郎も袴《はかま》をめくり、下帯をずらして勃起した一物を露出させた。

すると華枝が膝《ひざ》を突き、両手で幹を包み込むようにして顔を寄せてきたのだ。

「ああ、こんなに勃って、嬉しい……」

言うなり舌を伸ばして鈴口を舐め回し、張り詰めた亀頭をくわえてチュッと吸い付いた。一物なら、少々紅が付いても構わないと思ったのだろう。

「ああ……」

治郎は快感に喘《あえ》ぎ、膝を震わせた。

帝国ホテルの一室で、披露宴を前にした新婦が自分の前に跪《ひざまず》き、一物にしゃぶり付いているのだから、まるで夢のような心地だった。

「アア……、堪《たま》りません、どうか……」

スポンと口を離すと華枝が喘ぎ、彼も快感と欲望に酔いしれながら、彼女の裾《すそ》をめくった。彼女もソファにもたれかかって下着を脱ぎ去ると、今度は彼が床に膝を突いて股間に顔を埋め込んだ。

柔らかな茂みに鼻を擦りつけて嗅《か》ぐと、蒸れた汗の匂いが淡く籠《こ》もっているだけだが、舌を挿《さ》し入れると、すぐにも生ぬるい蜜汁がヌラヌラと溢《あふ》れてきた。

治郎はヌメリをすすってオサネを舐《な》め、さらに彼女の脚を浮かせて白く丸い尻の谷間にも鼻を埋め込んで嗅いだ。

秘めやかな匂いが蒸れて籠もり、悩ましく鼻腔が刺激された。

彼は充分に嗅いでから舌を這《は》わせ、ヌルッと潜《もぐ》り込ませて滑らかな粘膜《ねんまく》を味わった。

「あう……、どうか、入れて……」

華枝が呻《うめ》き、彼も顔を上げて股間を進めた。彼女もソファに浅く座って股を開き、手でめくった裾を押さえていた。

先端を押し当て、ゆっくり膣口に挿入していくと、彼自身はヌルヌルッと滑らかに根元まで呑み込まれていった。

「アア……、いいわ……」

華枝が熱く喘ぎ、彼も股間をピッタリと密着させ、息づくような収縮と温もりに包まれて陶然《とうぜん》となった。

しかし、そのときドアがノックされたのだ。

「お嬢様、そろそろ」

「はい、いま参りますので」

外から声がかかると、華枝は何事もなかったように返事をし、同時にキュッと締め付けてきた。

「では、お名残《なごり》惜しいですが、中で感じただけで終わりに致しましょう」

華枝が言う。もう恋する乙女ではなく、家柄を背負った華族の令嬢の顔に戻っていた。

治郎も股間を引き離し、何とか勃起を抑えて立ち上がり、下帯と袴の裾を直した。

華枝も身を起こして身繕《みづくろ》いをし、鏡に向かって顔や唇《くちびる》を確認した。

「では、僕は会場へ戻っています」

「ええ、では治郎さんもどうかお元気で。またお目にかかれるときがあれば、百合子先生を通じてお知らせ致しますので」

彼女に辞儀をして治郎は先に控え室を出た。幸い廊下には誰もおらず、難なく会場に戻ることが出来た。

まだ一物は半萎《な》えで、華枝の膣内の温もりと潤《うるお》いが残っていた。

もう大部分の人は、挨拶《あいさつ》や雑談を終えて席に着いている。

主賓や来賓、親族などは席が決まっているが、それ以外は自由らしい。百合子を探したが、仲間らしい女性たちと座っていたので、彼は学生服を着た帝大生の隣に会釈《えしゃく》して腰を下ろした。

「あなたは、新郎の関係の方ですか」

同じ年格好で、細面《ほそおもて》の学生が訊いてきた。

「いえ、新婦がピアノの稽古に通う送り迎えをしていた中等遊民で、和田治郎と言います」

「はは、中等遊民ですか。僕は新婦の兄の後輩で、芥川龍之介《あくたがわりゆうのすけ》」

彼が言い、正面に目を向けた。まだ新郎新婦は登場していないが、左右に媒酌人《ばいしやくにん》夫婦が座っていた。

「東大繋がりの来賓《らいひん》ばかりです。媒酌人は、嘉納治五郎先生」

「え……」

龍之介に言われて、治郎は口髭《くちひげ》を生やした小柄な五十年配の治五郎を見た。恐らく、上京した西郷四郎には会っていないのだろうが、元気だと伝えるわけにもいかない。

とにかく治郎が今日こんな華やかな場所にいるのも、全ては四郎がきっかけだったのである。

「そして主賓は、僕の師匠筋に当たる夏目漱石《なつめそうせき》先生」

「あれが、夏目先生……」

龍之介の指《さ》す方を見て、やはり口髭で四十半《なか》ばの漱石を見た。少々顔色が悪いが、あとで聞くと神経衰弱と胃潰瘍《いかいよう》を患《わずら》っていたようだ。

そういえば、漱石の『坊っちゃん』に登場する狸《たぬき》校長は、治五郎がモデルとも言われている。

「師匠筋というと、あなたも物を書いているんですか」

「ええ、まだほんの少しですが」

「僕は谷崎の『悪魔』に魅《み》せられて、自分でも書き上げました。どこへ持っていこうか思案《しあん》中なのですが」

「そう、『悪魔』は僕も読みました」

龍之介が言う。『悪魔』は、中央公論の前に東大同人誌である『新思潮《しんしちょう》』に掲載されたようだから、彼も読んでいたのだろう。

「谷崎さんなら、京都遊学を終えて東京へ戻っているはずだから、近々会ったら伝えましょう。どこへお訪ねすれば良いですか」

「浅草の五重塔通りにある、ミルクホール松崎方に居候《いそうろう》してます」

治郎は、彼が谷崎とまで知り合いなのに驚きながら答えた。

と、そのとき司会が開始の挨拶をし、ドアが開いて新郎新婦が入場してきた。ライトを浴びた華枝の美しさに、会場の一同から溜息が洩《も》れ、万雷《ばんらい》の拍手が起こった。

この中の誰が一体、ついさっき治郎が華枝と舌をからめ、局部を舐め合い、ほんの少しだが挿入したなど信じるだろうか。

子爵家の新郎は華枝より二歳上の二十三歳、髪を綺麗に真ん中から分けた銀縁《ぎんぶち》眼鏡で、頭は良さそうだが緊張に頰《ほお》を強《こわ》ばらせ、こと女体の扱いに関しては治郎の足元にも及ばない印象であった。

二人は一礼して席に着き、媒酌人の治五郎が挨拶と人物紹介を読み上げた。

もう華枝は神妙《しんみょう》に座し、目で治郎を探すようなこともしなかった。

いきなり立ち上がり、「やっぱりやめます、私はこの人と一緒に！」などと言って治郎のところへ駆けてくるような心配もなさそうだった。

やはり華族というのは背負っている家名が大きく、治郎などには理解出来ないのである。

やがて媒酌人が座ると、主賓の漱石が挨拶をしてから、乾杯の音頭。

あとは歓談しながら、治郎と龍之介は運ばれてくる料理を口にし、たまに注いでくれるヱビスビールで喉《のど》を潤したのだった。

二

「夕方までお部屋を借りたの。あとで主人も来るというので、ここのレストランで夕食をとってから帰るつもり」

会場の外で百合子が囁いたので、治郎は龍之介に挨拶して別れた。

もう披露宴も済んだところだ。来賓退場の時には、新郎新婦が挨拶して見送ってくれたのだが、そのとき華枝とはチラと目を合わせただけだった。

やがて治郎は、百合子と二階にある部屋に入った。

さすがに、華枝と入った浅草のホテルとは豪華さが段違いである。百合子の赤ん坊は、月島の実家から彼女の親が来てくれ、夜まで面倒を見てもらっているという。

「きついわ、久しぶりの着物は」

密室に入ると百合子が言い、すぐにも帯を解きはじめた。

治郎も袴と着物を脱いで寛《くつろ》ぎ、トイレを借りて用を足しながら、一物に華枝の紅やヌメリが残っていないか確認したが、大丈夫なようだ。

微妙な残り香があったにしても、百合子の興奮に火が点《つ》けば気づかれることはないだろう。

治郎が部屋に戻ると、すでに百合子は一糸《いっし》まとわぬ姿になり、寝台に横たわっていたが、彼の好みを知っているので眼鏡だけはそのままだ。

彼も手早く襦袢《じゅばん》と足袋《たび》を脱ぎ去り、下帯を解くと全裸で寝台に上っていった。

「華枝さんも落ち着いていたわね。もう子爵夫人になれば、治郎さんへの淡い恋は忘れるでしょう。あなたもよく我慢したわね」

華枝との関係を全く知らない百合子が褒《ほ》めてくれた。

「いえ……、それより、本郷へピアノを教えに通うのですか」

「そうね、お手当は子爵家から出るだろうから、行ってみることにするわ」

百合子が答えた。どうせ夫が洋行してしまえば、華枝はずいぶんと時間が自由になるのである。それでも、女中たちの手前、そうそう気ままな外出は控えざるを得ないだろう。

「でも、早苗さんとの三人も楽しかったけど、やっぱり秘め事は、こうして二人でする方がいいわね」

百合子が言い、話を終えるように身を寄せてきた。

治郎も甘えるように腕枕してもらい、チュッと乳首に吸い付いて豊かな膨《ふく》らみに顔を埋め込むと、

「アア……！」

すぐにも百合子が熱く喘ぎ、彼の顔をきつく胸に抱きすくめてきた。

治郎は生ぬるく甘ったるい体臭に包まれて勃起し、指で探りながら左右の乳首を存分に味わった。

しかし、もう乳汁は漏れてこないので、先日味わったのが最後だったようだ。

「もう出ないでしょう。出るとしたら、二人目が生まれてからだわ」

百合子が、彼の髪を撫《な》でながら言い、柔肌《やわはだ》を悶《もだ》えさせた。

やがて治郎はのしかかって彼女を仰向《あおむ》けにさせ、両の乳首を充分に味わってから、腋《わき》の下にも鼻を埋め込んだ。

腋毛は生ぬるく湿り、母乳に似た甘ったるい汗の匂いが濃厚に沁《し》み付いて鼻腔を刺激してきた。

治郎はうっとりと胸を満たしてから、白く滑らかな肌を舐め降りていった。

臍を探り、下腹に顔を押し付けて弾力を味わい、腰から脚をたどってゆき、足裏にも舌を這わせた。

指の股は、やはり他所《よそ》行きの緊張があったのだろう、いつになくジットリと汗ばみ、蒸れた匂いが濃く籠もっていた。

彼は眼鏡美女の足の匂いを貪《むさぼ》ってから、爪先《つまさき》にしゃぶり付いて両足とも全ての指の間を舐め回した。

「あう、くすぐったいわ……」

百合子も刺激に呻き、腰をくねらせて悶えた。

やがて大股開きにさせ、彼は脚の内側を舐め上げ、ムッチリと張り詰めた内腿をたどって股間に顔を迫らせていった。

割れ目はすでに熱い蜜汁に潤い、膣口からは白っぽく濁る粘液も滲《にじ》んでいた。

顔を埋め込み、茂みに鼻を擦りつけて嗅ぐと、汗とゆばりの匂いが生ぬるく蒸れて濃く籠もっていた。

治郎は鼻腔を刺激されながら貪って胸を満たし、舌を挿し入れて淡い酸味のヌメリを掻き回した。そして息づく膣口の襞から柔肉《やわにく》をたどり、突き立ったオサネまで舐め上げていくと、

「アアッ……、いい気持ち……！」

百合子は熱く喘ぎ、内腿できつく彼の両頬を挟み付けてきた。

やはり赤ん坊を起こさぬよう自宅でするのと違い、豪華なホテルの一室だし、堅苦しい宴会の直後だから普段とは燃え方も違うのだろう。

治郎はヌメリをすってはオサネを執拗《しつよう》に吸って舐め回し、さらに彼女の両脚も浮かせて尻に鼻を埋め込んだ。

弾力ある豊満な双丘が顔中に密着し、秘めやかな匂いが蒸れて籠もり、悩ましく鼻腔を指摘してきた。

嗅いでから舌を這わせ、僅かに突き出た艶《なま》めかしい蕾《つぼみ》を濡らし、ヌルッと潜り込ませて粘膜を探ると、

「あうう……、そこも、いい気持ち……」

百合子が呻き、モグモグと味わうように肛門で舌先を締め付けてきた。
彼は舌を蠢かせてから脚を下ろし、再び割れ目に戻って大量の淫水をすすって
オサネに吸い付いた。
「も、もういいわ、今度は私が……」
絶頂を迫らせた百合子が言って身を起こしたので、彼も這い出して入れ替わり
に仰向けになった。
彼女が移動して屈《かが》み込み、張り詰めた亀頭にしゃぶり付いた。
スッポリと一気に根元まで呑み込んで幹を丸く締め付けて吸い、口の中で執拗
に舌がからみついてきた。
「ああ……」
治郎は快感に喘ぎ、美女の口の中で唾液にまみれた幹をヒクつかせた。
披露宴の前に華枝にもしゃぶってもらったが、やはり当然ながら百合子の方が
激しく貪欲《どんよく》である。
彼がズンズンと股間を突き上げると、
「ンンッ……」
百合子も喉の奥を突かれて呻き、合わせて顔を上下させた。

そしてスポスポと摩擦されるうち、

「い、いきそう……」

治郎が高まって声を洩らした。何しろ披露宴会場の中で、華枝によりすっかり下地が出来上がっているのである。

すると百合子もすぐにスポンと口を離し、前進して彼の股間に跨がってきた。自ら先端に割れ目を押し当て、指で陰唇を広げて膣口にあてがうと、息を詰めてゆっくり座り込んでいった。

たちまち張り詰めた亀頭が潜り込み、あとはヌルヌルッと滑らかに根元まで呑み込まれた。

「アアッ……、いいわ……」

百合子が顔を仰《の》け反《ぞ》らせて喘ぎ、股間を密着させてきた。

治郎も肉襞の摩擦と温もりに包まれ、キュッと締め上げられながら快感を嚙《か》み締めた。

華枝との時は挿入だけして、すぐ引き離されることになったのだから、今度は最後までとことん味わいたかった。百合子は股間を擦り付け、やがて身を重ねてきたので彼も両手で抱き留めた。

両膝を立てて蠢く尻を支えると、彼女はすぐに股間を擦り付けるように動きはじめ、上からピッタリと唇を重ねてきた。

治郎も合わせてズンズンと股間を突き上げ、ネットリとからみつく舌のヌメリと、注がれる生温かな唾液を受け入れた。

喉を潤しながら突き上げを強めると、溢れる蜜汁に動きが滑らかになり、ピチャクチャと卑猥《ひわい》に湿った音が聞こえてきた。

「ンン……」

百合子も熱く鼻を鳴らして収縮を活発にさせ、二人の息にレンズが曇った。

「ああ、いきそうよ、とってもいい気持ち……」

彼女が口を離して喘ぎ、治郎も美女の湿り気ある吐息を胸いっぱいに嗅いだ。いつもの肉桂《にっき》臭に加え、会食のあとであるから濃厚な匂いが悩ましく鼻腔を搔き回してきた。

「い、いく……！」

たちまち治郎は口走り、大きな絶頂の快感に貫《つらぬ》かれてしまった。

同時にドクンドクンとありったけの熱い精汁が内部にほとばしると、

「いいわ、もっと……、アアーッ……！」

噴出を感じた百合子も、それでスイッチが入ったように声を上げ、ガクガクと狂おしく身悶えて気を遣った。

治郎は収縮する膣内で心ゆくまで快感を嚙み締め、最後の一滴まで出し尽くしていった。

満足して突き上げを弱めていくと、

「ああ……、良かったわ……」

百合子も声を洩らし、肌の強ばりを解いてグッタリともたれかかってきた。

彼は重みと温もりを受け止め、きつく締まる膣内でヒクヒクと過敏に幹を震わせ、熱く悩ましい吐息を嗅ぎながら余韻《よいん》を味わったのだった。

三

「お帰りなさい。疲れたでしょう」

治郎が帰宅すると寿美代が言い、店を早苗に任せて母屋《おもや》に入ってきた。

あれから、百合子の夫が帝国ホテルへ来る前に、身体を流した治郎は先にタクシーで浅草に帰ってきたのだ。

「ええ、緊張しました。紋付き袴も初めてだったので」

彼は言い、帯を解いて袴や紋付きを脱いでいくと、寿美代が甲斐甲斐《かいがい》しく畳んで仕舞ってくれた。

「ご祝儀も、持たせて頂いて済みません。それよりお返ししますから」

「いいのよ、そんなことは。必ずお嬢様は綺麗だった？」

「ええ、とっても。それに他の立派な人たちの顔も見ましたので」

治郎は答え、やがて下帯一つで二階に上がった。

もちろん寿美代も店があるので、今は淫気も催《もよお》さず店に戻り、彼は二階でいつもの着流しになった。

店に知り合いも来ていないようなので夕方まで休憩し、やがて日が暮れると閉店を手伝い、彼は母娘と三人で夕餉《ゆうげ》を囲んだ。

早苗は、やはり娘らしく披露宴の様子をあれこれと聞きたがった。華枝が別世界の住人になったという安心感もあるのだろう。

「ふうん、夏目漱石も来ていたの」

早苗が興味深そうに言うので、何冊か読んでいるのだろう。もちろん新助の蔵書の中にも漱石は揃っていた。

やがて治郎は二階へ上がり、今日は休むことにした。

そして今日は疲れただろうからと、夜に寿美代が来ることもなく、彼は華枝とのことを少し思い出しながら、ぐっすりと眠ったのである。


翌日は、一週間ぶりに店が休みの日だった。

朝食を終えると、例により寿美代は買い物や諸々《もろもろ》の所用を済ませに出て行った。

昼間だが、治郎は早苗と二人きりなので淫気を催してしまった。

「休みの日は、ピアノを習いに行くのじゃなかったの？」

「ええ、そのうちに行きたいけれど、今日は治郎さんと一緒に居たいわ」

訊《き》くと、早苗が答える。

彼女もまた、百合子との三人での戯《たわむ》れより、やはり彼と二人きりの方が良いと思っているのだろう。

早苗は治郎を自分の部屋に招き、彼も期待に激しく勃起した。

「百合子先生も言っていたけど、治郎さんは、私を選んでくれるの？」

早苗が、少し不安げに彼を見て言った。

「うん、早苗ちゃんが嫌でないのなら」

「嫌だなんて、私はもう治郎さんの他は誰も考えられないわ」

彼女が、笑窪《えくぼ》の浮かぶ頬を紅潮させて言った。

「そう、それなら嬉しい。僕も同じ気持ちだけど、今はまだ居候の身だからね、もう少し時間が欲しい。文士として一人前になったら、そのときは正式に申し込むからね」

「ええ、どれぐらい？」

「そんなに長いことじゃないよ。一年以内には結果を出さなきゃならない」

治郎は答えた。親との約束通り文士として身を立てられるか、無理なら家業を継ぐということで、自分にとっては密度の濃い一年になることだろう。

「分かったわ」

早苗も素直に頷《うなず》き、治郎も会話を止めるように身を寄せてピッタリと唇を重ねていった。

柔らかく弾力ある唇が押し潰れ、唾液の湿り気とともに甘酸っぱい吐息が感じられた。舌を挿し入れて歯並びを舐めると、早苗も舌を触れ合わせ、チロチロと滑らかにからみつけてくれた。

治郎は勃起しながら美少女の唾液と吐息を味わい、胸に手を差し入れた。

「アア……」

早苗が口を離して声を洩らし、そのまま畳に横になろうとした。

「待って、布団を敷いて、全部脱ごうね」

彼が言うと、早苗も力を入れ直して起き上がり、帯を解いていった。

治郎も立ち上がって勝手に押し入れから敷き布団を出して広げ、自分も手早く脱いでいった。

互いに全裸になると、彼は早苗を仰向《あおむ》けにさせ、真っ先に爪先に屈み込んで指の間に鼻を割り込ませて嗅いだ。

昨日は入浴していないようで、指の股は汗と脂に湿り、蒸れた匂いが濃く沁み付き、悩ましく鼻腔を指摘してきた。

彼は美少女の足の匂いを貪り、爪先にしゃぶり付き、両足とも全ての指の間を舐め回した。

「あう……、汚いのに……」

早苗が呻き、クネクネと腰をよじった。

股を開かせて顔を進め、白くムッチリとした内腿を舐めて股間に迫ると、割れ目はすっかり清らかな蜜汁に潤っていた。

やはり寿美代が出かけ二人きりになったときから、期待に興奮を高めていたのだろう。

治郎は股間に顔を埋め、若草の丘に鼻を擦りつけて蒸れた汗とゆばりの匂いを貪り、舌を挿し入れて快感を覚えはじめた膣口を掻き回した。

淡い酸味のヌメリが舌の動きを滑らかにさせ、彼が味わいながらオサネまで舐め上げていくと、

「アアッ……！」

早苗が顔を仰け反らせて喘ぎ、内腿で彼の顔を挟み付けてきた。

治郎は味と匂いを堪能し、さらに両脚を浮かせて大きな水蜜桃《すいみつとう》のような尻に顔を埋め込んだ。

谷間の可憐な蕾に鼻を押し付け、顔中で双丘の弾力を味わいながら嗅ぐと、蒸れて秘めやかな匂いが可愛らしく籠もっていた。

匂いを貪ってから舌を這わせ、濡らした蕾にヌルッと潜り込ませて滑らかな粘膜を味わうと、

「く……」

早苗が呻き、キュッときつく肛門で舌先を締め付けてきた。

治郎は舌を蠢かせてから脚を下ろし、再び割れ目に戻って溢れる蜜汁をすすりオサネに吸い付くと、

「お、お願い、入れて……」

彼女の方から熱くせがんできた。すっかり高まり、舐められて気を遣るより、やはり一つになる方を望むようになっているのである。

治郎も舌を引っ込めて身を起こし、そのまま股間を進めた。

幹に指を添えて先端を割れ目に擦り付け、潤いを与えながら位置を定め、やがてゆっくり膣口に挿入していった。

ヌルヌルッと滑らかに根元まで押し込むと、もう最初のきつい印象より、吸い付くような密着感が感じられた。

「アアッ……！」

早苗が身を弓なりにさせて喘ぎ、両手を伸ばしてきたので彼が身を重ねると、下から激しくしがみついてきた。

「痛くない？」

「いい気持ち……」

囁くと、彼女が熱っぽ眼差しで彼を見上げて答えた。

股間を密着させてじっとしていても、息づくような収縮に刺激され、中の幹が歓喜にヒクヒクと震えた。

治郎はまだ動かず、屈み込んで左右の乳首を含んで舐め回し、顔中で膨らみを味わってから、腋の下にも鼻を埋めた。和毛《にこげ》に籠もる甘ったるい汗の匂いが鼻腔に満ち、胸にも沁み込んできた。

そして徐々に動きはじめると、

「ああ……、擦れて感じる……」

早苗が声を洩らし、下からも突き上げてきた。

溢れる蜜汁ですぐにも動きが滑らかになり、互いの動きも一致して、クチュクチュと湿った摩擦音も聞こえてきた。

しかし彼は、ここで果てる気はなかった。まだおしゃぶりもしてもらっていないし、二人きりの時間はたっぷりあるのだ。

「ね、お風呂場でオシッコ出る？」

「少しなら……」

動きを弱めて囁くと、早苗も小さく答えた。

「じゃ、いったんお風呂場へ行こう」

治郎は言って身を起こし、そろそろと一物を引き抜いていった。

「あう……」

抜けるとき早苗が声を洩らし、やがて彼に抱えられながら身を起こした。

そして治郎は、フラつく彼女を支えながら立ち上がると部屋を出て、風呂場へと移動していったのだった。

四

「じゃ、出してね」

治郎は風呂場の簀《す》の子《こ》に仰向けになって膝を立て、顔に跨《また》がらせた早苗に下から言った。

仰向けで飲むのは噎《む》せそうだが、彼女に立ったままさせるより、厠《かわや》でする格好を真下から仰ぎたかったのだ。

「アア……」

早苗はしゃがみ込んで羞恥《しゅうち》に声を洩らしながらも、懸命に下腹に力を入れて尿意を高めはじめてくれた。

彼の顔の上で白い内腿がムッチリと張り詰め、新たな蜜汁を漏らしはじめた割れ目が息づいていた。治郎は腰を抱き寄せて舌を挿し入れ、ヌメリを掻き回しながら待った。

すると柔肉が迫《せ》り出し、味わいが変わってきた。

「あう、出る……」

早苗が息を詰めて言うなり、チョロチョロと熱い流れがほとばしってきた。

それを口に受けながら、治郎は余人の知らない秘密の悦《よろこ》びを味わった。

噎せないよう気をつけながら喉に流し込み、淡い味と匂いを堪能した。

次第に流れの勢いが付くと口から溢れた分が温かく頬を伝い、耳の穴にも入ってきた。

それでも少量で勢いが弱まり、間もなく流れは治まってしまった。

残り香の中で滴る雫をすすり、割れ目内部を舐め回すと、

「も、もう駄目……」

しゃがみ込んでいられなくなった早苗が言い、風呂桶に摑まりながら懸命に腰を上げた。彼も身を起こし、水で互いの身体を流し、拭いてから再び全裸で部屋

へと戻った。

治郎が布団に仰向けになると、早苗も心得たように彼の股間に屈み込み、粘液の滲む鈴口を舐め回し、張り詰めた亀頭をくわえてスッポリと喉の奥まで呑み込んでくれた。

幹を締め付けて吸い、熱い息を股間に籠もらせながら、口の中でクチュクチュと舌を蠢かすと、

「ああ、気持ちいい……」

治郎は快感に喘ぎ、清らかな唾液に生温かく濡れた肉棒をヒクヒク震わせた。

股間をズンズンと突き上げると、

「ンンッ……」

早苗が喉を突かれて呻き、さらにたっぷりと唾液が溢れた。

「いいよ、跨いで入れて……」

充分に高まった彼が言うと、早苗もチュパッと口を引き離し、前進して今度は上から跨がり、ゆっくり座り込みながら膣口に挿入していった。

「アアッ……、いいわ……」

早苗が顔を仰け反らせて喘ぎ、ピッタリと股間を密着させた。

治郎も肉襞の摩擦と温もりを味わい、両手で彼女を抱き寄せた。

早苗も身を重ね、彼の胸に乳房を押し付けてきた。

彼は両膝を立てて尻を支え、下から唇を重ねて舌をからめながらズンズンと股間を突き上げはじめた。

「ンンッ……」

早苗が熱く呻き、反射的にチュッと強く彼の舌に吸い付きながら、合わせて腰を遣った。滑らかな摩擦が彼を高まらせ、勢いの付いた突き上げが止まらなくなってしまった。

「ああ……、何だか、すごく気持ちいいわ……」

早苗が口を離し、甘酸っぱい果実臭の吐息を熱く弾ませて喘いだ。

どうやら膣内の快感に目覚めはじめているのだろう。

まして先日、百合子の凄《すさ》まじい絶頂を目の当《ま》たりにしたので、それに憧れていたようだった。

収縮が高まると彼も我慢出来なくなり、そのまま激しく昇り詰めてしまった。

「い、いく……！」

大きな快感に貫かれて口走り、ありったけの熱い精汁をドクンドクンと勢い良く柔肉の奥にほとばしらせた。

「あ、熱いわ……、アアーッ……！」

噴出を感じると同時に、早苗も声を上ずらせてガクガクと狂おしい痙攣《けいれん》を開始した。どうやら、本格的に気を遣ってしまったようだ。

治郎は、自分の手で早苗を一人前にしたような誇らしさとともに、心ゆくまで快感を味わい、最後の一滴まで出し尽くしていった。

満足しながら突き上げを弱めていくと、いつしか早苗も硬直を解いてグッタリともたれかかっていた。

初めての大きな快感に声もなく、荒い呼吸を繰り返すばかりである。

まだ収縮する膣内で、ピクンと幹を過敏に震わせると、

「あう……」

早苗がビクリと反応して呻いた。

治郎は美少女の重みと温もりを受け止め、熱く湿り気ある果実臭の息を嗅ぎながら、うっとりと快感の余韻を味わったのだった……。

――もう一度二人で身体を流し、いったん身繕いをすると、差し向かいで飯事《ままごと》

のような昼食を済ませた。

まだ寿美代が戻るには間があるだろう。治郎は午後にでも、もう一回早苗と戯れたいと思っていた。

すると、外で戸を叩く音が聞こえてきたのだ。

「誰か来たようだわ。今日はお休みなのに」

早苗が言い、治郎が茶の間から店に出て、ドアを開けてやった。すると一人の二十代後半か、和服姿の紳士が立っている。

「ああ、君が和田君ですか。私は谷崎潤一郎と申します」

「た、谷崎先生……！」

言われて、治郎は目を丸くして声を震わせた。

「昼前に芥川君に会ってね、持ち込みたいという君の話を聞いたのだ。浅草にも来たかったので寄ってみたが、店は休みかね」

潤一郎が言うと、様子を見ていたらしい早苗が出てきて、

「どうぞ、お入り下さい」

治郎の様子から、余程大事な客と察したらしく言った。

「申し訳ない。では少しだけ」

潤一郎が入ってきたので、早苗は窓際の席へ案内した。

「打ち合わせにも良さそうな店だ」

「お茶とミルクとどちらがよろしいですか」

「では、ホットミルクを」

店内を見回した潤一郎が言い、早苗がすぐ仕度にかかった。

「では、原稿を見せて欲しい。良ければ預かるし、駄目ならすぐ返す」

「い、今お持ちします」

治郎は緊張しながら答え、急いで二階へ行って清書原稿を持ち、また店に降りていった。

「悪魔を読んで書く気になったとか」

「は、はい……、それと『少年』にも影響を受けました」

治郎は答えた。『少年』も、お嬢様に唾液やオシッコを飲まされる話で強い衝撃を受けたが、気恥ずかしくて太郎や龍之介には言わなかったのだが、作者本人だから言うことが出来た。

潤一郎は、手渡された原稿を見た。

「相良武雄か、学生でこの名を使うものは多い。別のにした方が良いな。八十枚か、手頃な長さだ」

彼は、最後のページ番号を見て閉じ、テーブルに置いた。

「読む間、一人にしてほしい。駄目ならすぐ分かるので時間はかからない。良ければ最後まで読み込むので、二十分ばかりくれたまえ」

「分かりました」

治郎が答えると、ちょうど早苗がホットミルクを運んできて、潤一郎は砂糖を入れて掻き回した。

「では拝見」

言われて、治郎は一礼すると早苗を促して母屋へと戻った。

「誰なの？」

「僕が、いちばん好きな小説家の先生だよ」

「まあ、そうなの。その人が治郎さんの作品を読んでくれるのね」

早苗も、彼の興奮が伝わったように頬を染めて言った。

もちろん、もう戯れる気も失《う》せてしまったので、治郎は早苗と二人茶の間でじっと息を潜めていた。

駄目ならすぐ分かると言っていたが、五分十分と経っても潤一郎の声はかからないので、どうやら読み進んでくれているようだ。

すると十五分ばかり経った頃に、

「和田君」

店から声がかかった。

「はい！」

治郎は元気よく返事をし、急いで店へと戻った。

胸を高鳴らせながら近づくと、潤一郎が座るように手を差し出したので、彼は向かいに腰を下ろした。

「良いよ、実に。一気に読めた」

「ほ、本当ですか……」

「ああ、このまま預かるので、必ず掲載される。近々、ここへ編集者が来ることになるが、とにかく君は次の作品にかかることだ」

「はい……」

「この作品は完成しているので訂正はない。ただ次作からは、もっと心理描写を多く。行為そのものではなく、なぜこの行為がしたいのか、それが人と違うどういう悦びなのか、それを細かに描き込むのだ。まあ私自身にも言い聞かせていることだが」

　潤一郎が言う。そんな秘訣を簡単に教えてくれて大丈夫かと思ったが、みな性《せい》癖《へき》は違うので、内容は異なってくるのだろう。

「あとは、妄想と実体験の均衡《きんこう》だな。若いうちは妄想が主になるが、体験を重ねると逆に、さらに妄想が研ぎ澄まされる。思うだけで出来ないことや、断られて叶わなかったことなど、全てが題材だ」

　潤一郎が熱っぽく語り、冷えた余りのミルクを飲み干した。

「あと、良いペンネームを考えよう」

「じゅ、潤の字を頂けませんか……」

　思いきって言うと、潤一郎は手帳を出して鉛筆で、『大和田淳二』と書いた。

「これでどうだ。じゅんの字は違うが」

「あ、有難うございます。それに致します」

　治郎は感激に息を弾ませ、何度も頭を下げた。

「では原稿は預かるので、とにかく新作にかかるように。ミルク代を」

「い、いいえ、結構です」

「そう、じゃご馳走《ちそう》になろう。ではまた」

潤一郎は原稿を持って出てゆき、見送った治郎は椅子にへたり込んだ。

五

「良かったわね。大先生のお墨付きがあったのなら、間もなく文士の仲間に入れるわ」

夜、治郎の部屋に寝巻姿の寿美代が来て言った。

もう夕食と入浴を済ませ、早苗も部屋で休んだようである。

「ええ、うまくいけば嬉しいです」

「作品が載り続けて、食べていけるようになったら早苗をもらってくれる？」

「も、もちろんです。軌道に乗れば、横須賀から親を呼んで正式に申し込みますので」

治郎は答え、寿美代から漂う甘ったるい匂いに激しく勃起した。もちろん彼女は、まだ入浴前である。

そして何といっても、治郎にとって寿美代は最初の女なのだから、思い入れが違っていた。

「いずれ親子になるのね。いけないことをいっぱいしているけど」

寿美代が言い、話を終えたように帯を解き寝巻を脱いでいった。

彼も興奮に胸を高鳴らせながら、手早く全裸になり、布団に仰向けになった。

「してほしいことがあるのですけど……」

「いいわ、何でも言って。好きなようにしてあげるから」

治郎が言うと、寿美代も艶めかしく熱っぽい眼差しで答え、豊かな乳房を息づかせた。

「ここに立って、足の裏を僕の顔に乗せて下さい」

「まあ……、踏むの？　未来のお婿《むこ》さんで文士の先生の顔を……」

言うと寿美代は驚きながらも、淫気と好奇心に立ち上がった。

治郎も、百合子や早苗にもしてもらったことを、この美しく熟《う》れた未亡人にしてもらいたいのだ。

寿美代も、仰向けの治郎の顔の横に立ち、壁に手を突いて身体を支えながら、そろそろと片方の足を浮かせ、そっと彼の顔に乗せてきた。

「こう？　ああ、変な気持ち。早苗に申し訳ないわ……」

彼女は声を震わせ、治郎は足裏の感触を味わい、舌を這わせながら指の間に鼻を押し付けて嗅いだ。

今日は一日中外を歩き回っていたため、寿美代の指の股はいつになくジットリと汗と脂に湿り、ムレムレの匂いが濃厚に沁み付いていた。

彼は蒸れた匂いを貪ってから爪先をしゃぶり、全ての指の間を味わってから足を替えてもらい、そちらも味と匂いを堪能し尽くしたのだった。

「じゃ、跨いでしゃがんで下さい……」

言って足首を摑《つか》み、顔の左右に置くと、

「アア、恥ずかしいわ……」

寿美代も息を弾ませながら、そろそろと厠に入った格好になってしゃがみ込んできた。

脚がM字になると白い内腿がムッチリと張り詰めて量感を増し、熟れた割れ目が鼻先に迫った。熱気が顔中を包み込み、見上げると陰唇がヌラヌラと大量の淫水に潤っている。

豊満な腰を抱き寄せ、股間に鼻と口を埋め込むと、柔らかな恥毛には蒸れて濃厚な汗とゆばりの匂いが籠もり、うっとりと鼻腔を刺激してきた。治郎は胸を満たしながら舌を挿し入れ、淡い酸味を掻き回しながら、かつて早苗が生まれ出てきた膣口をクチュクチュと探った。

そしてヌメリを掬《すく》い取りながら柔肉をたどり、オサネまで舐め上げると、

「アアッ……、いい気持ち……」

寿美代が熱く喘ぎ、思わずギュッと股間を彼の顔に押しつけてきた。

治郎は執拗にオサネを舐めては溢れる蜜汁をすすり、味と匂いを心ゆくまで貪った。

さらに白く豊満な尻の真下に潜り込み、顔中に豊かな双丘を受け止めながら、谷間の蕾に鼻を埋めて嗅ぐと、やはり生々しく蒸れた匂いが悩ましく鼻腔を刺激してきた。

彼は嗅いでから舌を這わせ、ヌルッと潜り込ませて滑らかな粘膜を探り、微妙に甘苦い味覚を堪能した。

「あう、駄目……」

寿美代が呻き、モグモグと若い舌を味わうように肛門を締め付けてきた。

舌を蠢かせていると、割れ目から滴る淫水が彼の顔を生ぬるく濡らしてきた。

治郎は再び割れ目に戻ってヌメリをすすり、オサネに吸い付いた。

「も、もういいわ、早く入れたいの……」

彼女が言って腰を浮かせ、仰向けの治郎の上を移動していった。

彼女が大股開きになると、寿美代は真ん中に腹這い、彼の両脚を浮かせて尻の谷間を舐め回してくれた。そしてヌルッと舌が潜り込むと、

「く……、気持ちいい……」

治郎は呻き、肛門でキュッと美女の舌先を締め付けた。

寿美代は中で舌を蠢かせ、勃起した幹の震えを確認してから脚を下ろすと、ふぐりにしゃぶりついて睾丸を転がしてくれた。

さらに前進し、肉棒の裏側を舐め上げ、粘液の滲む鈴口をしゃぶり、スッポリと喉の奥まで呑み込んでいった。

「アア……」

温かく濡れた美女の口腔に根元まで含まれ、彼は快感に喘いだ。

寿美代も幹を締め付けて吸い、熱い鼻息で恥毛をそよがせながら、口の中ではクチュクチュと満遍《まんべん》なく舌をからめ、肉棒全体を温かな唾液にどっぷりと浸してくれた。

そして彼女は何度か顔を上下させ、スポスポと摩擦してから頃合いを見ると、自分からスポンと口を離して顔を上げた。

「いいかしら」

「ええ、跨いで入れて下さい」

答えると、彼女はすぐに前進して跨がり、唾液にまみれた先端に濡れた割れ目を押し当ててきた。

ゆっくり腰を沈めると、彼自身は心地よい肉襞の摩擦を受けながらヌルヌルッと滑らかに根元まで呑み込まれていった。

「ああ……、奥まで届くわ……」

完全に座り込んだ寿美代が顔を仰け反らせて喘ぎ、密着した股間をグリグリと擦り付けてから身を重ねてきた。

彼も両手で抱き留め、両膝を立てて豊満な尻を支えながら、温もりと感触を味わった。

そして潜り込んで左右の乳首を含んで舐め回し、顔中で柔らかく豊かな膨らみを味わった。さらに腋の下にも鼻を埋め込み、色っぽい腋毛に籠もる、濃厚に甘ったるい汗の匂いに噎せ返った。

すると寿美代が腰を遣いはじめ、たちまち溢れる淫水に動きが滑らかになり、クチュクチュと摩擦音が響いてきた。

彼も合わせズンズンと股間を突き上げると、

「アア、すぐいきそうよ、とってもいい気持ち……」

寿美代が、熱く甘い白粉臭の吐息を弾ませて喘いだ。

彼は下から唇を重ねて舌をからめ、美女の生温かな唾液をすすりながら、股間の突き上げを強めていった。

そして互いに激しく昇り詰めながら、彼は自分の未来に思いを馳《は》せ、今後とも快楽を貪っては、それを綴《つづ》ってゆきたいと思ったのだった。

切り取り線

一〇〇字書評

購買動機（新聞、雑誌名を記入するか、あるいは○をつけてください）

□（　　　　　　　　　　　　）の広告を見て
□（　　　　　　　　　　　　）の書評を見て
□ 知人のすすめで　　□ タイトルに惹かれて
□ カバーが良かったから　　□ 内容が面白そうだから
□ 好きな作家だから　　□ 好きな分野の本だから

・最近、最も感銘を受けた作品名をお書き下さい

・あなたのお好きな作家名をお書き下さい

・その他、ご要望がありましたらお書き下さい

住所	〒				
氏名		職業		年齢	
Eメール	※携帯には配信できません		新刊情報等のメール配信を 希望する・しない		

この本の感想を、編集部までお寄せいただけたらありがたく存じます。今後の企画の参考にさせていただきます。Eメールでも結構です。

いただいた「一〇〇字書評」は、新聞・雑誌等に紹介させていただくことがあります。その場合はお礼として特製図書カードを差し上げます。

前ページの原稿用紙に書評をお書きの上、切り取り、左記までお送り下さい。宛先の住所は不要です。

なお、ご記入いただいたお名前、ご住所等は、書評紹介の事前了解、謝礼のお届けのためだけに利用し、そのほかの目的のために利用することはありません。

〒一〇一－八七〇一
祥伝社文庫編集長　坂口芳和
電話　〇三（三二六五）二〇八〇

祥伝社ホームページの「ブックレビュー」からも、書き込めます。
www.shodensha.co.jp/bookreview

祥伝社文庫

大正浅草《たいしょうあさくさ》ミルクホール

令和 3 年 5 月 20 日　初版第 1 刷発行

著　者　睦月影郎《むつきかげろう》
発行者　辻　浩明
発行所　祥伝社《しょうでんしゃ》
東京都千代田区神田神保町 3-3
〒 101-8701
電話　03（3265）2081（販売部）
電話　03（3265）2080（編集部）
電話　03（3265）3622（業務部）
www.shodensha.co.jp

印刷所　萩原印刷
製本所　ナショナル製本
カバーフォーマットデザイン　中原達治

Printed in Japan ©2021, Kagerou Mutsuki ISBN978-4-396-34730-7 C0193

祥伝社文庫の好評既刊

睦月影郎

美女手形
夕立ち新九郎・日光街道艶巡り

「そこは堪忍《かんにん》……」味と匂いが濃いほど高まる男・新九郎、女体を堪能《たんのう》。進む日光街道は、今日も艶《つや》めく美女日和。

睦月影郎

よがり姫
艶めき忍法帖

ふたりの美しい武家女と、快楽の極地へ。若く美しい姫君が、美貌の腰元から男の仕組みを学ぶ時間が始まり……。

睦月影郎

熟れ小町の手ほどき

春画家が想い、描き続けてきた兄嫁。本物はもっと淫《みだ》らだった！　無垢《むく》な義弟に、美しく気高い武家の奥方が迫る。

睦月影郎

純情姫と身勝手くノ一

姫君と濡れて、女忍びに溺《おぼ》れる——。男ふたりの悦楽の旅は、息つく暇なく美女との出会いがいっぱいで……。

睦月影郎

あられもなく
ふしだら長屋劣情記

美しい後家、無垢《むく》な姫君、人妻となった元許嫁《いいなずけ》……次々と現れる美女たちの柔肌にまみれる、愛欲の熱帯夜。

睦月影郎

壬生《みぶ》の淫《みだ》ら剣士

「初物、頂いてよろしおすか？」新選組の躍動する幕末を舞台に、若人《わこうど》は京女を知り、そして溺《おぼ》れてゆく。

祥伝社文庫の好評既刊

草凪優　目隠しの夜

彼女との一夜に向け、後腐れなく〝経験〟を積むはずが……。大学生が覗き見た、抗いがたい快楽の作法とは？

草凪優　ルームシェアの夜

優柔不断な俺、憧れの人妻、年下の恋人、入社以来の親友……。もつれた欲望と嫉妬が一つ屋根の下で交錯する！

草凪優　女が嫌いな女が、男は好き

超ワガママで可愛くて体の相性は抜群。だがトラブル続出の「女の敵」！　そんな彼女に惚れた男の〝一途〟とは!?

草凪優　俺の女課長

知的で美しい女課長が、ノルマのためにとった最終手段とは？　セクシーな営業部員の活躍を描く、企業エロス。

草凪優　俺の女社長

清楚で美しい女社長。ある日、もう一つの〝貌《かお》〟を知ったことから、彼女との切なくも甘美な日々が始まった……。

草凪優　元彼女《モトカノ》…

別れて三年、ふいに甦《よみがえ》った元彼女の肢体……。過去と現在が狂おしく交差する青春官能の傑作。

祥伝社文庫の好評既刊

草凪 優

俺の美熟女

俺は青いリンゴより熟《う》れきったマンゴーの方が断然好きだ——。熟女の滴《したた》るような色香とエロスを描く傑作官能。

草凪 優

奪う太陽、焦《こ》がす月

意外な素顔と初々《ういうい》しさ。定時制教師・浩之《ひろゆき》が欲情の虜《とりこ》になったのは、二十歳《はたち》の教え子・波留《はる》だった——。

草凪 優

裸飯《はだかめし》 エッチの後なに食べる?

美味しい彼女と淫らなごはんを——。ギャップに悶えて蕩ける、性と食の情緒を描く官能ロマン、誕生!

草凪 優

金曜日 銀座 18:00

東京が誇るナンパスポット、銀座・コリドー街。煌《きら》めく夜の街で、恋とセックスを求め彷徨《さまよ》う、男女の物語。

草凪 優

不倫サレ妻慰めて

今夜だけ、抱いて。不倫、浮気をサレた女との出会いと別れ。悲しみに暮れる表情に湧き上がる衝動。瑞々しい旅情官能。

草凪 優

ルーズソックスの憂鬱《ゆううつ》

人生を狂わせた女子高生純菜《じゅんな》が、二十年後、人妻として隣に越してきた。矢崎孝之は復讐を胸に隣家を覗《のぞ》くと……。

祥伝社文庫の好評既刊

沢里裕二
淫爆《いんばく》
FIA課報員 藤倉克己《ふじくらかつみ》

爆弾テロから東京を守れ！ あの『処女刑事』の著者が贈る、とっても淫らな国際スパイ小説。

沢里裕二
淫奪《いんだつ》
美脚諜報員 喜多川麻衣《きたがわまい》

現ナマ四億を巡る「北」の策謀を阻止せよ。局長の孫娘にして英国諜報部仕込みの喜多川麻衣《きたがわまい》が、美脚で撃退！

沢里裕二
淫謀《いんぼう》
一九六六年のパンティ・スキャンダル

一枚のパンティが領土問題を揺るがす。蠢く大国の強大なスパイ組織に対して、体を張ったセクシー作戦とは？

沢里裕二
六本木警察官能派
ピンクトラップ捜査網

ワルい奴らはハメる！ 美人女優を脅迫者から護れ。これが秘密護衛チーム、六本木警察ボディガードの流儀だ！

沢里裕二
悪女刑事《デカ》

押収品ごと警察の輸送車が奪われた！ 狙った犯人を絶対に逃さない女刑事黒須路子の㊙作戦とは？ 極悪警察小説。

沢里裕二
危《あぶ》ない関係 悪女刑事《デカ》

警察を裏から支配する女刑事黒須路子。ロケットランチャーをぶっ放す、神出鬼没の不良外国人を追いつめる！

祥伝社文庫の好評既刊

藍川　京　**蜜ざんまい**

本気で惚《ほ》れたほうが負け！　女詐欺師vs.熟年便利屋の性戯《テクニック》の応酬。ドンデン返しの連続に、躰がもたない！

藍川　京　**情事のツケ**

妻には言えない窮地に、一計を案じたのは不倫相手⁉（「情事のツケ」）他、珠玉の官能作品を集めた魅惑の短編集。

勝目　梓　**モザイク**

恋人のAV出演を知った男の地獄の苦悩。自暴自棄になった男が踏み込んだ未知の〝性体験〟とは？

勝目　梓　**みだらな素描**

妻と妻の友人の三人で過ごす休暇先。異様な嫉妬、あからさまな誘惑……。三人の行方は、果たして⁉

神崎京介　**禁秘**

回復を求めてさらに彷徨《さまよ》う伊原。「伊勢の女子島《おなごじま》、高千穂《たかちほ》、そして信州戸隠《とがくし》へ――濃密で淫らな旅は続く！

神崎京介　**秘宝**

「一度出た赤玉は取り戻せるのか」――またもや淫らな旅に出た伊原。謎を解く鍵は富士山にあると知り……。